금속성

금속성

민병훈 중편소설

2024
문학실험실

금속성

—

사람들이 오지 않는다.

사람들이 오지 않는 이유에 대해 조수와 상의했다. 조수는 홍보를 하자고 말했다. 조수는 언제부턴가 자신을 조수라고 부르라 했는데 이유는 모르겠다. 일을 배우지도, 돕지도 않는다. 자신이 하고 싶은 일과 하고 싶지 않은 일에 대해서만 분명한 기준으로 행동한다. 혹시 이름이 조수냐고 물어보려다가 관뒀다. 나는 조수의 눈치를 많이 본다. 대부분 그의 말이 맞기 때문이다. 조수는 웃음이 없고 장난이나 농담도 통하지 않는다.

홍보는 간단하게, 폐지 뒤에 위치와 전화번호를 적어서, 여기저기 붙이면 된다고 했다. 조수가 적고 내가 붙었다. 많은 곳에 붙였다. 전봇대, 게시판, 벽, 자동차. 자동차에 붙이다가 몇 번이나 경고음을 들었다. 대학 캠퍼스에선 왜 출입을 막았는지 모르겠다. 어쨌거나 기다리는 일만 남았다. 조수는 연락이 오면 출근하겠다며 작업장을 떠났다.

　일주일이 지났다.

　열흘째, 사람이 찾아왔다. 조수에게 전화를 걸었다. 작업장 옆 컨테이너에서 벨 소리가 들렸다. 왜 거기서 나오느냐고 묻자 설명하고 싶지 않다고 했다. 우리는 방문자를 사무실로 안내했다. 그는 침실에서 뭐가 자꾸 자라는데 도통 정체를 모르겠고 무서우니 철거를 해달라고 말했다. 철거요? 크기를 물어보자 어제도 다르고 그제도 다르고 오늘도 달라서 내일도 모를 거라고 말했다. 터무니없는 대답이란 게 있다면 방금 들은 대답에 가까울 것 같았다. 경비를 말해주고 주소를 받았다. 조수는 그가 떠날 동안 앉은 자리에서 계속 그를 노려봤다. 발을 툭툭 차자 반대로 내 발을 밟는 바람에 소리를 지를 뻔했다. 방문자가 자리를 떠나고 조수는 내게 귓속말을 했다.

골치 아픈 일이 될 겁니다.

작업장을 연 땅은 먼 친척이 내게 남겨준 것으로 면적이 300평에 달한다. 친척은 이 땅에 자질구레한 것들을 쌓아뒀고 도저히 정리가 될 것 같지 않았다. 어릴 때 와본 기억으론 녹슨 쇠에서 풍겨오는 비릿한 냄새와 기름때 전 옷, 해가 저물어도 지평선에서 한동안 사라지지 않은 노을 정도다. 왜 내게 이곳을 남겼을까.

잠과 술이 깨지 않는다. 조수는 차에서 면도를 하라고 말했다. 몇 번이나 베일 뻔했다. 출발한 지 세 시간이 지났지만 도착할 기미는 보이지 않았다. 조수는 아는 길이라고 말했다. 면도 크림을 제대로 닦지 못하고 졸다 깨기를 반복했다. 그러다 한적한 국도변에서 차가 멈췄다. 저 집 같은데요. 조수는 차창을 열고 먼 곳을 가리켰는데 밤임에도 불구하고 눈이 부실 정도로 빛이 밝았다. 공사장인가. 조수는 고개를 저었다. 뭘 캐는 것 같아요. 차를 돌려 그곳으로 향했다. 밤벌레들이 창틈 새로 날아들었다.

잠괴 술과 아몽. 출장을 다녀온 지 이틀이 지났다. 내리 잠만 잔 것 같다. 그날 본 것에 대해서, 조수와 나는 돌아오는 길에 아무 말도 하지 않았다. 조수는 운전을 하고, 나는 뒷좌석에 앉아 온몸에 묻은 검은 윤활유를 닦아냈다. 계속 닦아냈지만 지워지지 않았다. 피가 묻은 것처럼 질색했다고, 나중에 조수가 말해줬다.

목이 마르다. 조수를 부르지만 대답이 없다. 나는 조수를 부를 때 조수야,라고 말한다. 조수야. 침대에서 내려오며 중얼거리듯 말한다. 문을 열자 더운 바람이 훅 끼쳐온다. 해는 중천을 지나고 있다. 작업장 곳곳에 아지랑이가 피어오른다. 모든 게 흐려지고 있다. 좌우로 넘실대고 있다. 다시 잠이 온다. 문을 닫고 침대에 눕는다. 뭔가에 취했던 걸까.

조수가 개를 한 마리 데려왔다. 오른쪽 눈 주위만 검고 다른 곳은 하얀데 어쩐지 뛰는 모습이 어색했다. 뒷다리에 의족이 장착되어 있었다. 원래는 바퀴가 있었어요. 조수는 개의 머리를 쓰다듬며 말했다. 수레처럼? 조수는 내게 무례하다고 말했다. 그건 개와 인간 모두에게 무례한 말이에요. 눈앞의 개와 인간에게 사과했다.

의족은 꽤 오랫동안 관리를 하지 않은 것 같았다. 조수
는 개를 데리고 작업장으로 향했다.

　개의 이름은 팔콘으로 정했다.
　개도 조수도 마음에 들어 하지 않는 눈치다.

　팔콘이 짖는 소리에 잠에서 깼다. 밖에서 짖는 줄 알
았더니 집 안까지 들어와 나를 보고 짖는 것이다. 품에
안으려고 팔을 뻗었지만 그럴수록 더 큰 소리로 짖는
다. 초인종이 울린다. 잠옷 위에 코트를 걸쳐 입고 작업
장 입구로 향한다. 집은 낡은 폐선을 개조해 만들었는데
작업장과는 거리가 조금 있는 편이다. 등 뒤에서 초인종
이 계속 울린다. 팔콘은 더 이상 짖지 않고 내 뒤를 따라
온다. 덜그럭, 덜그럭. 철조망 너머로 그림자가 보인다.
나는 멀찍이 서서 어둠에 익숙해지기 위해 눈을 가늘게
뜬다.
　혼자인가 보오?
　말투가 이상하다. 그림자는 철조망으로 좀 더 가까이
다가온다. 은색으로 된 점프 슈트를 입고 있다. 뒤에서
따라온 팔콘이 짖어주면 좋겠는데, 조용하다.

아닌가 보오?

그림자 뒤에 그림자가 하나 더 나타난다. 그들은 당장이라도 철조망을 넘을 것처럼 바짝 다가와 서 있다. 전류가 흐른다고 거짓말을 하고 싶다. 용무를 묻자 어딘가에 같이 가자고 말한다. 피곤하고, 언쟁을 일으킬 힘도 없고, 어쩐지 거절할 의지도 생기지 않아 그럼 집에 다녀와도 되냐고 묻는다. 그들은 같이 가겠다고 답한다. 문을 열고, 그들이 들어온다. 이럴 때 팔콘이 그들 중 한 명을 덥석 물고 내가 다른 사람을 제압하는 상상을 했지만, 팔콘은 킁킁 냄새를 맡고 있다. 그들의 옷에서 물이 뚝뚝 떨어진다.

기술 박물관 근무 파트너였던 마르코는 못 말리는 기차광이었는데, 세상에 존재하는 모든 기차를 직접 타보는 것이 그의 꿈이었고, 그러기 위해선 돈이 필요했고, 외국어도 구사할 줄 알아야 했고, 무엇보다 혼자 가기엔 외롭다고 내게 동행을 제의했다. 곰곰이 생각해봐도 갈 이유가 없어 단칼에 거절하자 그럼 자신의 오랜 꿈도 포기하겠다고 말했다. 다른 말을 기대하는 것 같았지만 좋은 결정이라고 등을 두드려줬다. 마르코는 선반과

밀링이 있는 구역, 나는 과거에 개발된 컴퓨터와 기상 시스템이 전시된 구역에서 일했는데, 틈만 나면 내가 있는 곳으로 넘어와 말을 걸었다. 사람들은 박물관에 과거만 있다고 착각하는데, 기술에 과거는 없어, 기차만 해도 그래, 증기기관차가 지금 철로를 달리면, 어떤 기분일 것 같아? 추월하는 거야. 내 말 이해되지? 고개를 세차게 끄덕였다. 아냐, 아냐, 이해 못 했지? 관리자에게 몇 번이나 주의를 받았는데도 마르코는 제 구역 드나들듯이 내게로 왔다. 우리는 관람객들 앞에 나타나지 않고 유리 너머로만 어떤 사람들이 왔는지 구경했다. 전시된 기계 물품은 오작동을 일으키는 경우가 거의 없었고 어떤 것들은 단 한 번도 고장 난 적이 없다고도 들었다. 대부분 지루하고 심심하고 일이 없는 업무였고 박물관 직원은 날이 갈수록 줄어들었다. 나는 마르코보다, 아니 그보다 훨씬 오래, 박물관이 문을 닫는 날까지 남아서 일을 했다. 관리자는 내가 말이 없다는 점을 높게 평가했다. 봐, 다 조용하잖아. 관람객들이 빠져나간 로비에서 관리자는 주위를 가리키며 말했다.

은색 점프 슈트를 입은 사람들의 안내에 따라 빌딩으

보 들어간다. 회전문 한 칸에 군이 함께 타서 어깨가 아프다. 연행하는 것처럼 양쪽에 서 있지만 마음만 먹으면 언제라도 도망칠 수 있을 것 같다. 사무실로 들어서자 똑같은 옷을 입은 사람들이 일제히 돌아본다. 나를 앉혀 놓고 질문이 쏟아진다. 내가 말할 수 없는 것들이다. 모른다고 말하면 왜 모르는지에 대해서 묻는다. 질문 하나가 다른 질문을 만들고, 그 질문을 돌고 돌아 처음 물었던 질문으로 돌아온다. 시간이 지나면서 질문을 한 사람도, 질문을 받은 사람도, 옆에서 질문을 만드는 사람도, 대답을 적는 사람도 지쳐가고, 급기야 질문이 대답처럼 들리기 시작한다. 종이와 펜을 준다. 그려보라고 한다. 그릴 수가 없다. 시야에 전부 들어오지 않았기 때문이다. 기다랗고 크고 복잡했어요. 그들은 볼 수 없었다고 한다. 집에 가고 싶다. 팔콘에게 사료를 주고 함께 드러누워 TV에서 상영되는 유행 지난 영화를 보고 싶다. 부분을 그린다. 누군가 다가와 내 손을 따라가며 자세히 바라본다.

이건 볼트잖아요.

당신 키만 했어요.

아무래도 나를 거짓말쟁이 취급하는 것 같다. 질린

얼굴이다.

그들은 나를 작업장에 데려다 준다. 곧 다시 오겠다고 말하곤 차에 올라탄다. 입구에 나온 조수가 그들에게 인사한다.

다시 이틀을 잠만 잤다고, 갈아입을 옷을 가져다주며 조수가 말했다.

작업장에서는 주로 폐품을 해체하거나, 조립해서 넘겨주거나, 다른 기계 물품과 교환하는데, 그동안 처리하지 못한 것들이 중구난방으로 높게 쌓였고, 멀리서 보면 쓰레기 매립지에 가까운 광경이다. 가끔 모래바람이 불면 전부 무너지는 건 아닌지 걱정스러웠다. 그런 일은 아직 일어나지 않았다. 계속 쌓여가는 중이다. 잊을 만하면 찾아오는 사람들은 대개 큰 트럭이나 승합차에 뭔가를 싣고, 내리고, 떠난다. 혹은 필요한 것을 말하고 받아 간다. 사람들이 찾아오지 않는 날이면 조수와 함께 작업장을 구역별로 정리했다. 어디에 뭐가 있고, 용도는 무엇이며, 형태는 어떤지. 조수는 한 번도 나의 먼 친척에 대해서 물어본 적이 없는데 나는 그 점이 의아하면

시도 마음에 들었다. 조수가 관심을 두는 건 나도, 나의
먼 친척도 아닌, 수를 파악할 수 없을 만큼 쌓여 있는 작
업장의 기계들이었다.

　오래전 나는 병원 침대에 누워 의식만 남은 채로 의
사의 말을 들은 적이 있다. 의사는 내가 죽어가는 중이
라고, 마지막을 준비하라고 말했는데, 침대에 모인 가
족들은 그 말을 듣고 각자의 방식으로 반응했고—기절
을 한다거나, 의사의 멱살을 잡는다거나, 나를 안거나,
창밖을 바라보거나, 병실을 뛰쳐나가거나, 어디론가 전
화를 걸어 예약을 한다거나, 보험회사 직원을 찾는다거
나— 나는 무슨 말이 하고 싶었는데 도무지 입이 움직
이지 않아 답답한 심정이었다. 신기한 것은 눈을 감고
있어도 모두의 모습이 보인다는 점, 가족들의 또렷한
목소리, 침대 옆에 놓인 모니터의 일정한 그래프, 가까
이 놓인 꽃의 향기, 즉 모든 감각이 생생하다는 것이었
다. 의사가 예상한 시간이 지나자 모두 의아해했고 하
루가 지난 뒤 나는 깨어났다. 나를 두고 어떤 대화들을
나눴는지에 대해서는 전부 들었지만 말하지 않았다.
다만 깨어나기 직전까지, 나를 거쳐 갔던 죽음들에 대

해서 생각했다. 마치 내가 죽었던 것처럼 생생하게 느꼈던 죽음들을.

유년 시절 키우던 개는 다른 개에게 물려 죽었다. 뒷덜미가 물린 채 허공에 흔들렸고, 아버지는 망치를 가져와 개의 머리를 때렸다. 나는 골목에서 그 광경을 지켜봤고 울거나 발을 동동 구르지 않았다. 아버지를 원망했다. 하필 우리 개를 저 개가 사는 집으로 데려온 아버지가 미웠다. 개의 주인이었던 아버지의 친구는 미안하다며 곧 나올 새끼를 한 마리 준다고 말했다. 나는 그 새끼를 죽일 거라고 말했다. 아버지와 아버지의 친구는 적잖이 놀란 눈치였고, 나는 죽은 개와 삽을 챙겨 뒷산으로 갔다. 계속 땅을 팠다. 그 뒤로도 집에서 죽은 동물들은 모두 비슷한 곳에 묻었다. 언젠가 비가 많이 내려, 뒷산이 말 그대로 흘러내렸다고 할 수밖에 없는 지경이 되었을 때, 사체들을 볼 수 있을까 기대했지만 보진 못했다. 그래도 계속 같은 곳에 묻었다. 닭과 쥐, 거북이를 묻었다. 토끼, 햄스터, 앵무새를 묻었다. 다시 살릴 순 없을까. 꿈을 꿀 때마다 난생처음 듣는 동물의 울음을 궁금해하며 눈을 떴다.

필콘은 자주 뛰어다닌다. 식성도 좋다. 언젠가 뛰다가 허리에 건 의족이 떨어진 적이 있는데, 알면서도 뛰는 건지 모르는 건지, 앞발로 기다시피 내게 뛰어와서, 제대로 된 의족을 만들어주자 생각했다. 조수는 필콘이 아플 거라고 말했다.

잠깐만 따끔하지 않을까?

그건 사람에게나 해당되는 얘기죠.

나는 필콘에게 한 번만 참으면 편할 거라 말하고 싶었지만 필콘은 혀를 내민 채 숨만 쉴 뿐 당최 자기 일에는 관심이 없어 보였다. 필콘이 더 잘 달리면 좋겠다. 작업장을 벗어나 사막처럼 펼쳐진 이 평원에서 원하는 만큼 달리다가 돌아오면 좋겠다. 그러니까, 신체 내부에 장치나 기관을 달아서, 원래 자신의 다리였던 것처럼, 달리면 좋겠다. 나는 조수에게 동의를 구하고 싶었지만 나중에는 내 말을 듣는 체도 하지 않았다.

그 사람들 또 오겠지?

조수는 고개를 끄덕인다. 그들은 아직 조수에게 아무것도 묻지 않았다. 우리는 말을 해서는 안 된다고 은연중에 동의한 것 같다. 조수는 조용할 것이다. 어쩌면 이미 잊었을 수도 있다. 가능한 말인가. 가능한 광경이었

나. 발밑에서 잠든 팔콘이 몸을 심하게 뒤척인다.

　　그 녀석만 몰랐던 걸까. 그 녀석 앞에서 운전하던 녀석도 몰랐던 걸까. 속도를 감당 못 한 오토바이는 커브 길에서 가로수를 들이받았고 운전자는 즉사했으며 뒤에 탄 동승자는 한 달을 더 살았다. 그러니까 나는 한 번의 사고로 두 번 장례식장을 다녀왔다. 둘 다 어릴 때부터 동네에서 자란 또래였는데, 사고가 나기 두 달 전 도시로 놀러 오겠다는 걸 간단하게 거절했다. 오지 말라고 했다. 내가 가겠다고. 오토바이를 타고 올까 봐 그랬던 것 같다. 거절하지 말걸, 후회하진 않았다. 오토바이는 원래 형체를 알아볼 수 없을 만큼 찌그러져서 어딘가로 보냈다고 했다. 동승했던 녀석의 병문안을 갔을 때, 그의 머리가 함몰되어 있는 것을 멀거니 봤다. 우리는 일상적인 대화를 나눴다. 오는 길은 안 힘들었는지, 병원 식사는 입에 맞는지, 자고 가는지, 퇴원은 언제인지. 집으로 가는 길에 왼손으로 내 머리를 몇 번이나 만져봤다. 단단했다. 눌러도 도저히 안 들어갈 것처럼. 폭염으로 연일 최고 기온을 갱신하던 여름의 날들이었다.

말랑말랑하다.

그것보다는 물렁물렁한 것 같은데.

물컹한가.

말캉한 것 같기도 해요.

나와 조수가 시답잖은 소리를 나누는 동안 방문자는 약간 체념한 듯한 표정으로 우리를 올려다보고 있었다. 이른 시간에 방문한 탓에 우리는 잠이 덜 깨 있었고, 눈앞의 상황 역시 꿈인 건가 싶을 정도로 의아했는데, 방문자가 감정을 원한다며 가져온 물건은 창고에서 오래 보관해왔던 것으로, 녹슨 부분은 볼 수 없었다. 그보다 전면부에 해당하는 부분이, 외관은 철제인데 만지면 힘을 주는 만큼 들어갔다. 젤리보다는 두껍고 실리콘보다는 가벼운 느낌이었다. 방문자가 말하길, 원래는 이렇지 않았다, 사실 창고에 이런 게 있는 줄도 몰랐다, 기분이 나빠서 가져왔다, 왜 기분이 나쁜지 모르겠다, 등등이었고 비싼 가격에 팔 수 있는지가 가장 궁금하다고 말을 붙였다.

비싸고 자시고 할 게 없어요.

왜?

이걸 어디에 사용해요.

나는 어떤 연구적 가치랄지 박물관 전시품으로서의 가능성을 얘기했지만 조수는 어떤 물건이든 용도가 우선이라고 말했다. 맞는 말이지만 얄밉게 느껴져 비싼 값을 부르고 싶었다. 방문자는 실망한 표정으로 그럼 우리더러 처리할 수 있느냐 물었다. 처리 비용을 받지 않는 대신 다른 데에 가서 얘기하지 말라고 했다. 그는 그제야 기분이 좋아지는 것 같다고 했는데, 왜 자꾸 기분에 대해서 말하는지는 알 수 없었다.

오랜 시간 분해했다. 알아낸 건 세 가지.

1. 엔진과 비슷한 구조와 구성.
2. 물렁한 부분은 분해 불가.
3. 촉매제 혹은 장비를 사용한 흔적.

그날 이후 이상하리만큼 사람들이 많이 찾아왔다. 누군가는 구경만 하다 갔고, 누군가는 어떤 조언을 구했으며, 누군가는 가벼운 것을 들고 오거나, 누군가는 큰 트럭에 잔뜩 뭔가를 싣고 오거나, 혼자 오거나, 여럿이 오거나, 갔다가 다시 오거나, 다신 오지 않거나 하는 날들의 연속이었다. 은색 점프 슈트를 입은 사람들은 오지 않았다. 나는 그들이 어디선가 이곳을 지켜보고 있다고 확신했다.

마르코는 기차역으로 가는 길에 트럭에 치였다.

우리에게 가능한 상상은 사실 얼마 없어. 상상으로 조합된 기억 혹은 꿈에서 본 장면일 거야. 여기 송전탑에 사람이 있을 거라고 누가 상상하겠어. 물에 잠긴 채로, 영원히 녹슬지 않는 송전탑의 구조를 지켜보면서, 이건 꿈이라고 안도하면서, 의자는 자꾸 물속으로 기울어지고, 더 빠질 공간도 없는데. 입술에 물이 찰랑거린다. 눈을 뜨자 창문 사이로 물이 흐르는 중이고, 방은 계속 잠기면서 어떤 소리도 새어 나가지 못하도록 안에서 잠그고, 다시 눈을 뜨자, 욕조에 팔다리를 걸친 채 잠든 내가 있다.

꿈에서 마르코와 불 꺼진 박물관에 있었다.

조수는 차를 세운 뒤 창밖을 바라봤다. 구름을 뚫을 것처럼 높게 솟은 크레인들이 평야 곳곳에서 자재를 옮기고 있었다. 건물들은 반쯤 지어졌거나 제법 모양새를 갖추는 중이었고 짐을 잔뜩 실은 트럭들이 대열을 이뤄 도로를 빠져나가고 있었다. 끝없이 펼쳐진 지평선 너머로 노을이 번지기 시작했다. 순간 매캐한 먼지 바람이 불어왔다. 코를 막고 생각했다. 아무런 의욕도 생기지 않았다.

다시 차에 올라타 코를 풀었다. 까만 액체가 휴지에 잔뜩 묻어났다. 지도를 펼치고 표시한 곳을 바라봤다. 조수는 운전석에서 눈을 감고 있었다. 아무리 생각해도 잘못 온 것 같았다. 산맥은커녕 낮은 능선도 보이지 않았다. 잘못 온 게 분명해. 조수는 차에 시동을 걸었다.

직선으로 뻗은 도로를 달리며 드는 생각은 한 가지뿐이었는데, 왜 송전탑 꼭대기에 사람이 살고 있을까 하는 것이었다. 머릿속이 꽉 차 뒤에서 경적을 울려도 알아들을 수가 없었다. 하얀 지프가 어느덧 우리 차와 나란히 달리고 있었다. 창문을 열고 나를 향해 열렬히 손짓했는데, 그제야 정신을 차리고 바라봤다. 갓길에 세우라는 신호 같았다.

차를 세웠다. 얼마 떨어지지 않은 곳에 지프 역시 정차했고 문이 열렸다. 앞에 둘, 뒤에서 한 명이 내렸다. 운선석에서 내린 이가 허겁지겁 달려와 말했나.

바퀴가 흔들리던데.

우리는 멀거니 그들을 바라봤다. 상하가 합쳐진 곤색 작업복을 입고 있었다. 등에는 대문자 T가 적혀 있었고 저무는 태양에 비쳐 간간이 반짝거렸다. 조수는 뒷바퀴로 다가가 발로 쿵쿵 찼다. 타이어 공기가 점점 밖으로 빠지고 있었다. 나는 몸을 구부려 이곳저곳 살펴봤다. 중지만 한 길이의 나사가 타이어에 박혀 있었다. 트렁크를 열었다. 예비로 준비해둔 타이어가 보이질 않았다.

급하면 타시죠.

뒷좌석에서 내린 사람이 손으로 자신들의 차를 가리키며 말했다. 주위가 어두워지고 있었다.

차는 지희가 건인하겠습니다.

말을 뱉기가 무섭게 서둘러 장비를 꺼냈다. 그들을 도와 케이블을 연결하고 트렁크에서 가방을 챙겼다.

어디로 가십니까?

운전자가 물었다. 이들 중 가장 연장자인 듯했다. 나는 운전석 바로 뒤에 앉았는데 차가 덜컹거릴 때마다 자꾸 머리를 천장에 박아 정신이 없었다. 옆에 앉은 사람이 얼른 대답하라는 듯이 툭툭 허벅지를 쳤다. 이 근처에 혹시 송전탑이 있느냐고 물었다. 운전자가 백미러를 흘깃 쳐다봤다. 지프는 차를 매달고 어느덧 내리막길을 달리고 있었다.

직선도로만 있는 줄 알았는데, 이런 길도 있었군요.

조수가 말했다. 다들 아무런 말도 하지 않았다. 창밖은 어둠이 완전히 내려앉았고, 잊을 만하면 가로등 불빛이 차창을 스쳤다. 의뢰인에게 받은 서류를 꺼내기 위해 가방을 뒤졌다. 서류 겉에는 정체를 알 수 없는 하얀 알맹이가 무늬처럼 바짝 말라 있었다. 글자가 보일 만하면 어두워지고, 다시 보일 만하면 차가 흔들거려 도무지 맥락을 읽어낼 수가 없었다. 멀미가 오는 것 같아 머리를 흔들었다. 그때 운전자가 다시 말했다.

내일 가시죠. 차도 손봐야 하는데.

이들을 따라가도 될까, 조수를 바라봤지만 잠든 것 같았다. 나는 짧게 우리 일에 대해 설명했다. 출장차 이곳에 왔고 초행이며 도움을 주셔서 감사하다, 정도로 말을 마쳤다. 그들은 먼 도시에서 일을 한다고 했다.

기계를 살핍니다. 덩치가 큰 것들로만.

나는 고개를 끄덕였다. 멀리서 작은 불빛들이 하나둘 나타나기 시작했다.

어릴 직 친구는 함께 농구를 하다가 삐뚤어진 골대를 제자리로 돌려놓기 위해 전봇대에 올랐는데, 뭔가를 잘못 건드리는 탓에 감전을 당했다. 응급차에 실려 가는 그를 보면서 다시는 못 보는 게 아닐까 싶었지만, 얼마 뒤 학교로 돌아왔고, 그때의 일을 무용담처럼 말하는 바람에 동급생들 모두 기회가 된다면 감전을 당해도 괜찮을 것 같다고 입을 모았다. 빨간 반점처럼 몸 여기저기 혈관이 터진 흔적이 보였지만, 그는 그것들을 자랑했고, 그럴 때마다 선생님한테 혼이 났다. 나는 그가 말이 많아진 것이 감전과 연관이 있다고 생각했다. 꿈을 꾸면 손바닥에서 전기가 뿜어져 나가는 장면이 반복됐다. 기술 박물관에서 함께 일했던, 전기와 전구를 전시하는 구역에서 일하던 동료에게 그때의 일을 말하면, 그는 차근차근 인간의 몸과 전류, 자기장에 대해 설명해줬다. 대체로 아는 얘기들이었지만, 자신의 대학 시절 전공 분야였다는 자부심인지 추억인지 회한인지 모를 눈빛으로 긴 시간 말했다.

전기는 원래 있는 게 아니에요. 없다고 상상해봐요.

그는 박물관이 문을 닫는 날, 자신의 구역에 있던 전시품 몇 개를 훔치려다 나와 마주쳤다.

그들은 우리를 내려주고 다시 왔던 길로 돌아갔다. 타이어가 있는 상점의 주소를 알려줬다. 차에서 밤을 새울까 하다가 숙소를 찾아 나섰다. 졸면서 걷는 건지 조수는 자꾸 비틀거렸고 뒤에서 보면 술에 취한 사람 같았다.

동네로 깊숙이 들어갈수록 아무런 소리도 들리지 않았는데, 하다못해 밤벌레가 우는 소리랄지 차가 도로를 지나는 소리, 불 꺼진 주택가에서 흘러나올 법한 말소리도 들리지 않았고, 나는 그 점이 무척 이상하다고 생각했지만 조수는 아무렇지 않은 듯했다.

여관을 가리키는 표지판이 보여 골목으로 들어갔다. 문을 열고 들어가 로비 중앙에 놓인 테이블을 마주하고 앉았다. 한참이 지나고 나서야 직원이 카운터에서 고개를 슬쩍 내밀었고 방 두 개와 조식을 신청했다. 우리는 서둘러 각자의 방으로 들어갔다.

다음 날 아침, 음식이 담긴 쟁반을 들고 조수의 방문을 두드렸다. 잠이 덜 깬 조수가 문을 열었고 함께 로비로 내려가 포크를 들었다. 음식을 목으로 넘기면서, 어떤 불안감이 몸 이곳저곳에 퍼지고 있다는 사실을 느꼈지민, 배가 고팠고, 뭘 좀 먹어야겠고, 배를 채우는 일 밀고는 다른 생각을 할 수 없었다. 정말 허겁지겁 접시를 비우는데, 그때 누군가 여관에 들이닥쳤다. 들이닥쳤다는 말 그대로, 마치 그 자리에 갑자기 생겨난 사람처럼, 서 있었고, 포크를 든 채로 그를 바라봤고, 움직이지 마, 그는 말했다. 내가 실수를 한 건가, 내 태도에서 어떤 불쾌감을 느낀 건가, 조수를 바라보자 눈만 껌뻑이고 있었다.

여기서, 잤나.

그는 강조하듯이 툭툭 끊으며 말했다. 포크가 바닥으로 떨어졌다. 이어서 다른 남자 둘이 로비로 들어왔고, 잠깐 객실을 둘러봐도 되겠느냐고 말했다. 고개를 끄덕이자마자 그들은 계단으로 향했다. 얼마간의 시간이 지나고, 문 여는 소리와 함께, 이런, 이게 무슨 냄새야, 가서 올라오시라고 해, 누군가 소리치자, 로비에 있던 남자 역시 이 층으로 향했다. 입에 있던 음식물을 재빨리 삼키고 따라 올라갔다. 그들은 나와 조수의 방이 아닌 건너편 방 앞에서 안을 바라보고 있었다. 어깨너머로 안을 들여다봤다. 절로 미간이 찌푸려졌다.

기름이 바닥에 배겠어.

경위님, 아무도 없습니다.

다른 방들을 뒤지고 온 남자가 말했다. 경위라고 불린 자는 곧 방으로 들어섰다. 끈적한 기름이 발을 옮길 때마다 길게 늘어졌다. 기름 바닥이 끊기는 곳부터, 시뻘건 액체가 다시 고여 있었는데, 그 구획된 경계가, 자로 잰 것처럼 정확해 보였고, 물과 기름인 건가, 아니지, 저건 누가 봐도 피야, 그런 생각을 했지만, 피와 기름도 섞이지 않는 건지, 정확하지 않아 입을 다물고 있었다. 조수에게 물어보려 옆을 봤지만 보이지 않았다. 눈을 가늘게 떴다. 동물로 보이는 사체와 어떤 부품들이, 해부라고 해야 할지, 분해라고 해야 할지, 그런 광경으로 사방에 흩뿌려져 있었다.

테이블을 마주하고 앉아 경위의 말에 대답했다. 의심받을 만한 상황이었지만, 정말 아무것도 몰랐고, 뭘 알아야 하는지도, 무슨 말을 하면 좋을지도 몰랐으며, 나와 조수는 아침 식사를 먹은 일 말고는 달리 한 행동이 없다고 말해도, 경위는 계속 의심의 눈초리로 우리를 바라봤다. 남자 둘은 경위 뒤에 서서 수상해, 똑바로 말해라, 앞을 봐, 이런 말들을 중얼거렸고 경위는 흡족한 표정이었다. 민 곳에서 왔다는 사실과 초행이라는 점이 아무래도 의심을 더 만드는 것 같았다. 왠지 우리 때문에 이 일이 벌어진 것 같은 기분까지 들었다. 조수는 이마에서 흐르는 땀을 연신 닦았다. 테이블에 땀방울이 툭툭 떨어졌다.

무슨 소리, 못 들었나.

경위는 이제 없는 말이라도 지어서 말해보라는 말투였고, 우리는 피곤에 절어 그대로 잠에 들었다고 설명했다. 경위는 잠깐 동안 말이 없다가 일단 사무실로 돌아가지, 말을 뱉곤 여관을 빠져나갔다.

하룻밤 새 무슨 일이 벌어진 건가. 한동안 머릿속을 정리하느라 자리에서 움직이지 않은 채 꼼짝 않고 앉아 있었다. 불현듯 떠오른 생각은, 일련의 일들이 지나는 동안 카운터 직원이 보이지 않는다는 사실인데, 조수에게 말하자 즉각 자리에서 일어나 카운터로 향했다. 벨을 누르고 소리를 질러도 아무도 나오질 않았다. 카운터 안쪽으로 들어간 조수는 잠시 후 가죽 주머니를 가지고 나왔다. 테이블에 꺼내놓은 것들은 셔츠 몇 벌과 약간의 지폐, 여자의 초상화, 색이 누렇게 바랜 지도였고, 지도에 적힌 길과 지명이 눈에 익었다. 의뢰인이 말해준 곳이었다.

　팔콘은 잘 있을까.

　사료가 떨어지기 전에 돌아가야 하는데.

　어디로 떠난 건 아니겠지.

　새 걸로 교체해줄걸.

　더 단단한 것으로.

　그럼 달아날까.

　멀리서 바라본 송전탑은, 지지대에 해당하는 부분이 물웅덩이에 완전히 잠겨 있었고, 버드나무 가지처럼 늘어진 전선들이 간간이 바람에 흔들렸다. 간혹 뭔가를 잔뜩 실은 기차가 경적을 울리며 지나갔다. 나와 조수는 차에서 내리지 않고 한동안 근처에서 구경했다. 아무래도 이번엔 돈을 받기 어려울 것 같았다. 송전탑 꼭대기에 올라갈 방법도, 그곳에 있을 누군가를 내려오게 할 방법도 떠오르지 않았다. 아니, 그보다 의욕이 생기질 않았다. 여관에서 반나절 경위를 기다렸지만 오지 않았고, 조금은 도망가는 심정으로 떠났다. 개구리가 뛰어올랐다. 하단에 들러붙어 올랐다가 떨어지기를 반복했다.

얼마나 높은 건지 꼭대기 주위로 모여든 구름 탓에 가늠이 되질 않았다. 뇌우가 발생한 듯이 구름 군데군데가 반짝였다.

저 위에서 뭘 한답니까?

조수는 여전히 차창에 팔을 기댄 채로 밖을 바라보며 말했다. 날벌레들이 차창에 부딪혔다가 다시 날아갔다. 나로서도 알 길이 없는 질문이었다. 누가 있는지 없는지만 확인해달라는 의뢰였고, 거짓말로 둘러대도 상관없겠지만 그러고 싶진 않았다. 그때 별안간 물웅덩이에서 빛이 솟구쳤고 눈이 부셨다. 태양을 오래 바라본 것처럼 시야가 하얘졌으며 눈물까지 흘러 무슨 일인가 싶었다. 눈을 마구 비비는데 조수가 저길 보라고 말했다. 물웅덩이 이곳저곳에서 배를 뒤집은 물고기들이 하나둘 떠올랐다. 곧이어 개구리들도 사지를 사방으로 편 채 떠올랐고 수면 전체가 가득 메워질 지경이었다. 그리고 비가 내렸다. 한 치 앞을 볼 수 없을 정도로 빼곡한 빗줄기가.

송전탑에 다녀온 얼마 뒤 생전 처음 겪는 증상이 몸을 괴롭혔다. 잇몸에 동상이 걸린 것이다. 의사는 의사 생활 십육 년 만에 이런 경우는 처음 본다고 말했다. 아

픈 부위가 혹처럼 부어 있었다. 부은 부위를 혀로 더듬
거리는 동안 의사는 말을 이었다. 처음 보는 증상이라
어떤 주의를 줘야 할지 모르겠다며 삼 일 뒤에 다시 경
과를 보자고 말했다. 작업장으로 돌아가 조수에게 말하
자 처음으로 크게 웃었다.

　도로는 텅 비어 있었다. 차 한 대 보이지 않았다. 차가
없는 도로에서 횡단보도 신호를 기다리는 일이 왠지 우
스꽝스럽게 느껴졌다. 주위를 슬쩍 둘러보다가 건너편
을 향해 뛰었고 그러자 가로수 뒤에서, 마치 내가 무단
횡단을 하길 기다리고 있던 것처럼, 제복을 입은 경찰관
두 명이 달려 나왔다. 신분증을 요구했고 어디서 나오
는 길이냐고 물었다. 치과 간판을 가리켰다. 손에 들린
처방전을 내밀자 둘은 등을 보이고 돌아서서 속닥거렸
다. 약국 안에 있는 사람들이 이쪽을 쳐다봤다. 경찰관
중 한 명이 다가와 말을 걸었다. 치과에는 왜 가셨습니
까. 사실대로 얘기하자 뒤에 있던 다른 경찰관이 다가왔
다. 잇몸에 동상이 걸리는 게 말이나 됩니까. 나는 잠깐
당황했는데, 잇몸에 동상이 걸렸다는 게 말이 안 된다는
건지, 동상 때문에 치과를 갔다는 게 말이 안 된다는 건

지 헷갈려서였다. 문득 조수가 바장대소했던 일이 떠올랐다. 다른 말을 기다리는 것 같았으나, 나는 아무 말도 하지 않았다. 둘은 다시 자기들끼리 얘기를 주고받았다. 협조해주셔서 감사합니다. 경찰관들은 나타났을 때와 마찬가지로 빠르게 사라졌다. 나는 도로 한가운데 서서 그들의 뒷모습을 멀거니 바라봤다. 그러다 정신을 차리곤 다시 약국 쪽으로 걸어갔다.

　약국 문을 열고 들어서자 매캐한 냄새가 코를 찔렀다. 언젠가 맡아본 것 같기도 했는데 기억이 나질 않았다. 분명 뭔가를 태운 냄새 같았다. 쓰레기를 태운 냄새인가 하고 생각하다가, 그것보다는 물고기를 태운 냄새에 가깝다고 생각했다. 언젠가 물고기를 태우는 사람을 본 적이 있는데 그는 길 한가운데 쪼그려 앉아 물고기를 태우고 있었다. 나는 그의 곁에 바짝 다가가 검게 변해가는 물고기를 구경했다. 땀을 뻘뻘 흘리며 물고기를 태우는 그와, 벌건 눈알이 밖으로 축 삐져나온 물고기를 번갈아 바라봤다. 늘어진 눈알 끝에 흙이 묻어 있었다. 냄새는 옷에서 한동안 빠지지 않았다.

　약국 안은 처방을 기다리는 사람들로 붐볐고, 냄새를 맡자 잇몸이 더 아리기 시작했다. 손을 들어 올려 마사

지를 하듯 뺨을 문질렀다. 뺨까지 부어오른 듯했다. 다들 처방전을 손에 들고 차례를 기다렸다. 나는 좀 앉고 싶었는데, 구석에 놓인 대기 의자에 앉으려고만 하면 다른 사람이 먼저 재빠르게 앉았다. 의자 쪽으로 가다 말다를 반복했다. 그러다 줄이 짧아졌고 내 차례가 됐다. 약봉지를 건네주는 테이블에 서서 약사를 기다렸다. 약사는 주머니에 손을 꽂고 다가왔다. 처방전을 내밀자 고개를 갸웃했다. 그러곤 얼굴을 찡그렸다. 처방전을 휙 내려놓더니 내일은 내가 병원에 있어야겠군, 하며 혼잣말을 했다. 그게 무슨 소리냐고 묻자, 약사는 종종 의사와 자리를 바꾼다고 했다. 이번 주까지는 자기가 약국을 지켜야 하는데 어쩐 일인지 손님이 너무 많아 억울하다고 말을 이었다.

혹시 어떤 약을 먹으라고 했는지 알 수 있을까요.

별 약 아닙니다. 그냥 진통제 몇 알이랑 감기약 정도예요.

말을 마친 약사는 곧장 조제실로 들어갔다. 동상에 걸렸는데 어째서 감기약을 줄까 생각하다가, 그것보다는 테이블 끝쪽에 뭉개진 뭔가를 바라보는 것에 집중했다. 그것은 테이블 자체의 얼룩 같기도, 눌린 껌 같기도 했는데 자세히 바라보니 진득한 가래였다. 가래는 뭔가에 쏠린 것처럼 넓게 퍼져 있었다. 약사가 조제실에서 나와 약봉지를 건넸다. 식사 전에 먹고 자기 전에는 먹지 말라고 했다. 흰 소매 끝에 묻은 가래가 보였다. 계산을 하고 약국을 나서자 도로에는 다시 자동차들이 다니고 있었다. 퉤, 하고 침을 뱉었더니 누런 고름이 섞여 나왔다.

작업장 문이 반쯤 열려 있었다. 조수에게 묻자 전기 검침원이 다녀갔다고 말했다.

뭐라는데.

아무 문제 없대요.

약봉지를 꺼내 들었다.

나 동상에 걸렸대.

소파에 앉으며 조수에게 말했다. 조수는 밥을 먹어야 약을 먹지 않겠느냐며 갑자기 밥을 짓기 시작했다. 밥 짓는 소리가 들리자 졸음이 밀려왔다. 조수를 뒤로하고 방으로 들어가 침대에 누웠다. 발 한쪽을 침대 아래로 내린 이상한 자세로 잠이 들었다.

조수가 세게 흔드는 탓에 잠에서 깼다. 왜 불러도 답

이 없느냐고, 꼭 이렇게 와서 깨워야만 일어나느냐고 핀
잔을 줬다. 방을 나서려는데 조수가 빤히 바라봤다.

왜 그래.

왼쪽 볼이 많이 부어올랐어요.

거울을 보자 정말 볼이 부어 있었다. 입에 뭔가를 물
고 있는 것처럼 볼록했다. 조수는 곧 얼음주머니를 가져
왔고 나는 손사래를 쳤다.

금방 가라앉겠지.

약봉지를 뜯어 입에 넣으려는데 전화가 울렸다. 의뢰
인이었다. 의뢰인은 다짜고짜 화를 냈다. 내가 오늘 가
기로 했다는데 어딜 간다고 했다는 건지 알 수 없었다.
내가 어디요, 하고 다시 묻자 의뢰인은,

오늘 박물관으로 오기로 했잖아요.

제가 왜 간다고 했죠?

의뢰인은 화를 내며 말을 이어갔고, 조수는 통화 중
인 나를 물끄러미 바라봤다. 그가 알려준 주소는 해안가
와 가까운 도시였는데, 차를 타고 반나절 남짓은 가야
도착하는 곳이었다. 사실은 내가 몸이 좋지 않고, 잇
몸에 동상이 걸렸다고 말하자, 의뢰인은 돈은 돈대로 받
아놓고 차일피일 날짜만 미루는 거냐며 당장 오라고 말

했다. 그리곤 전화를 끊었나. 나는 동상 때문에 잔뜩 부은 잇몸을 조심하며 음식을 씹었다. 별다른 통증은 느껴지지 않았다.

왜 일을 받았는지 집을 나서며 생각해봤지만 마땅한 이유가 떠오르지 않았다. 그보다 고민되는 것은 박물관까지 가는 방법이었다. 주차해놓은 자동차가 보이지 않았다. 조수가 의심스러웠는데 전화를 걸어 자초지종을 듣기보다 얼른 다른 방법을 생각해내는 것이 빠를 것 같았다. 결국 나는 버스 정류장 쪽으로 걸어갔고 걷는 동안 잇몸이 아파왔다. 약봉지가 잘 있는지 윗옷 안주머니를 더듬었다. 볼록한 느낌이 전해졌고 잇몸이 그나마 덜 아픈 것 같았다.

버스 정류장에는 대여섯 명의 사람들이 줄을 서서 기다리고 있었다. 버스 번호를 확인하곤 줄 끝으로 가려는데 누군가 어깨를 툭 하고 건드렸다. 뒤로 돌아보자 한 아이가 서 있었다. 아이는 내게 알은체를 했다. 미안한데 누구지, 하고 묻자 나를 전에 본 적이 있다고 했다. 아무리 생각해봐도 내가 아는 아이는 아니었는데 며칠 전 치과에서 봤어요, 하고 아이는 말을 했다. 반갑게 인사하는 차에 나 역시 반갑게 인사를 받았고, 그 뒤론 둘 다 입을 다물었다. 아이는 내게 뭔가를 물어보려는 눈치였 는데 우물쭈물 몸을 비틀 뿐 가까이 오거나 하지는 않 았다. 내가 타려는 버스가 정류장으로 들어오는 것이 보 였다. 버스에 올라탈 때까지 아이는 그 자리에 서서 마 치 나를 배웅하듯이 바라보고 있었다.

버스 안은 승객들로 가득했고 운전석 바로 뒤에만 자 리가 하나 남아 있었다. 자리에 앉자 버스 기사의 뒷모 습이 보였는데, 좌석 양옆으로 살이 삐져나와 있었다. 버스의 움직임에 따라 기사의 몸이 출렁거렸다. 시가지 를 벗어나자 차창 밖의 건물들이 눈에 띄게 줄어들었고 공터나 평원이 나타났다. 버스 기사는 주파수가 제대로 맞지 않아 자꾸 끊기는 방송을 계속해서 틀어놓았다. 노 랫소리 같기도, 뭔가를 얘기하는 사람들의 목소리 같기 도 했다. 형태를 분간하기 어려운 소리들 사이에서 어 떤 실마리를 찾아보려 했으나 쉽지 않았다. 의자 깊숙 이 몸을 기대어 방송에 집중하다 나도 모르는 새 잠이 들었다.

정류장을 지나친 건 아닐까 화들짝 놀라며 잠에서 깼 다. 창밖 풍경은 잠에 들기 전과 크게 달라 보이지 않았고, 승객들은 반쯤 줄어 있었다. 이상한 것이 있다면 운전석에 앉아 있는 버스 기사였는데, 좌석 양옆으로 삐져나온 살들이 보이지 않아서였다. 고개를 빼꼼 내밀고 운전석을 보자 깡마른 체구의 남자가 운전대를 잡고 있었다. 어깨가 운전석의 너비보다 좁은 탓에 뒤에서 보면 사람이 없는 것처럼 보였다. 혹시 내가 내릴 곳을 지나친 것 아닌지 조심스레 묻자 이제 곧 내리시면 됩니다, 라고 버스 기사는 말했다. 눈이 잠깐 마주쳤는데 나를 보더니 인상을 찌푸렸다. 뺨에 손을 대보자 전보다 더 부어 있는 듯했다. 곧 버스가 멈췄고 뺨을 손으로 가린 채 차에서 내렸다.

　저물이가는 태양이 낮보다 디 뜨겁게 타오르고 있었다. 의뢰인은 박물관이 있는 동네만 알려줬을 뿐 정확한 약도는 알려주지 않았다. 손으로 부채질을 하며 발이 가는 대로 걸었고, 사람이 없는 거리는 마치 나를 쫓아내기라도 할 것처럼 뜨겁게 질척거렸다. 잇몸이 계속 아파 안주머니에서 약을 꺼내 물도 없이 삼켰다. 명치 근처가 답답했다. 손으로 가슴께를 툭툭 치며 걷다 보니, 저 멀리서 머리를 양 갈래로 땋은 아이가 뛰어오는 것이 보

였다. 길을 묻자 손가락으로 자기 뒤의 개천을 가리켰
는데, 건너편에 있다는 건지 그쪽 방향으로 가라는 건
지 애매했다. 어찌 됐든 개천을 따라서 가라는 의미 같
았다. 그러곤 왔던 길을 다시 뛰어갔다. 한동안 허공에
손을 그대로 둔 채 멀어지는 아이를 바라봤다. 그때 마
치 신호라도 받은 것처럼 거리에 하나둘 사람들이 모습
을 드러냈다. 도로에도 차들이 쏟아졌다. 속이 울렁거렸
다. 몸을 숙이고 구토를 했다. 누런 액체와 함께 소화되
지 않은 약들이 쏟아졌다. 이마에서 땀이 흘렀다. 가로
수 그늘로 가 소매로 입을 훔쳤다. 이마 역시 소매로 닦
아가며 다시 걷기 시작했다.

　문이 열려 있었다. 낡은 철문이 손을 대면 금방이라
도 허물어질 것 같았다. 걸을 때마다 잇몸을 바늘로 찌
르는 듯한 통증은 더 이상 느껴지지 않았다.
　박물관으로 들어서자 화약 약품 냄새가 훅 끼쳐왔다.
내가 언제 맡아본 적이 있었던가, 그런 제조 과정을 가
까이서 본 적은 있었던가. 정면에는 거대한 필라멘트가
돌아가고 있었다. 그 옆에는 바퀴가 하나인 수레가 옆으
로 엎어져 있었다. 사료 포대에 담긴 톱밥들이 보였고

자루가 부러진 플라스틱 삽도 보였다.

안에 누구 계십니까.

냄새가 다시 심해졌다. 폭죽을 쏠 때의 기억이 떠올랐는데 그보다는 좀 더 짙고 무거운 냄새 같았다. 숨을 제대로 쉬려고 했으나 쉽지 않았다. 코를 막고 입을 막는 사이 필라멘트 뒤에서 누군가 문을 열고 나오는 모습이 보였다. 반듯한 양복과 긴 넥타이로 착장한 노인이 내 앞에 다가왔다.

누구요.

의뢰인을 찾아왔습니다.

그러자 노인은 어떤 의뢰인을 말하는 거냐고 물었다. 나는 그게 아니라 전화를 받고 왔다고, 의뢰인이라는 사람이 나더러 이곳으로 불렀다고 설명했다. 노인은 자신을 이곳에서 오래 일한 사람이라고 말했다. 말을 뱉곤 나를 가만히 바라봤다. 부은 내 볼을 보고 인상을 찌푸리나 싶었는데 그러진 않았다. 대신 내게 더 가까이 다가왔다. 입술 위로 작은 점들이 보였고 숨을 쉴 때마다 지독한 술 냄새가 전해졌다. 키가 나보다 머리 하나 정도 컸는데 셔츠 아래로 보이는 손목에는 일정한 패턴으로 문신이 그려져 있었다. 노인은 전화를 한 사람이 아마도 사장인 것 같다고, 출장 중이라 이곳에 없다고 했다. 내가 아무 말이 없자, 사실은 출장이 아니라 며칠째 보이질 않는다고, 전에도 자주 이랬는데 이제 돌아올 때가 됐으니 기다릴 거면 기다리라고 말했다. 나는 여전히 입을 다물고 있었다. 그러자 노인은 답답했는지, 건물 뒤로 가면 컨테이너가 하나 있는데 그곳이 사장의 사무실이라고 말했다. 노인은 뭔가를 더 얘기하고 싶지만 참는 것처럼 보였다. 언제까지고 기다릴 수는 없는 노릇이라 일단 사무실에 가 있겠다고 말했다.

팔콘이 하늘을 날면 어떨까. 그런 생각을 종종 한다.
가끔은 개로 태어난 걸 후회하지 않을까. 그런 생각은 하지 않는다.
내가 안 하는 게 아니라 팔콘이 하지 않을 것이다.
가끔은 꿈을 꾸는지도 모르지. 하늘을 나는 꿈을.
높은 상공에서 아래를 내려다보는 시선으로.
다리를 더 이상 움직이지 않아도 되는 몸짓으로.
팔콘은 이제 앞다리까지 움직이기 힘든 것 같다.
자꾸 풀썩풀썩 주저앉는다.
조수는 슬픈 표정을 짓지 말라고 말했다.

팔콘이 알아차린다는 것이다.

그 말을 하고 조수는 울었다.

노인이 말한 컨테이너는 항구에서나 볼 법한 큰 컨테이너였는데 임의로 문을 만든 티가 역력했다. 용접이 제대로 되지 않아 주변 군데군데 구멍이 나 있었다. 한 손으로 문을 잡아당겼다. 생각보다 무거웠다. 여닫이로 된 문을 열자 불이 꺼진 실내가 보였다. 컨테이너 크기가 큰 탓에 실내는 마치 기다란 굴처럼 보였다. 깊숙한 안쪽은 잘 보이지 않았다. 안으로 들어서자 정면에 전신 거울이 보였다. 다가가 얼굴을 살폈다. 볼이 많이 부은 탓에 눈까지 눌려 있었다.

거울 옆에는 냉장고가 있었는데 혼자 사용하기에는 크기가 제법 컸고 문을 열자 허연 김이 흘러나왔다. 안개 같은 김 사이로 뭔가가 보였고 자세히 보니 닭들이었다. 털이 벗겨진 닭들이 꽁꽁 얼어 있었다. 비닐로 싼 것과 그렇지 않은 것이 마구 뒤섞여 있었다. 바닥에 동그랗게 응고된 벌건 물도 보였다.

냉장고 문을 닫자마자 조수에게서 전화가 왔다. 자다 일어난 모양인지 목소리가 잠겨 있었다.

어디 간 거예요.

박물관이야.

조수는 잠시 대답이 없었다. 컨테이너 창문 너머로 저물어가는 태양이 보였다.

거긴 왜 갔어요.

창문에 반사된 햇빛 탓에 눈이 부셨다.

그나저나 약을 잘못 가져갔어요.

안주머니를 뒤져 약봉지를 꺼내 바라보다 조수에게 말했다.

이거 내 약이야.

잇몸이 쥐가 나는 것처럼 저리기 시작했다. 약봉지를 자세히 보니 위쪽에 팔콘의 이름이 적혀 있었다.

팔콘이 먹을 약을 가져가면 어떻게 해요. 빨리 가져와요.

어떤 말을 더 하는 것 같았으나, 나는 전화를 끊었다. 창가에 다가가 커튼으로 창문을 가렸다. 침대 옆 탁상에 주전자가 보였고 컵에 물을 따라 약과 함께 마셨다. 물에서 짠맛이 났다. 그러곤 어둠 속에 잠시 누워 있었다.

누운 지 얼마 되지 않아 노인이 컨테이너로 찾아왔다. 그는 내게 식사를 제안했는데, 식사보다는 박물관을 구경하고 싶다고 하자 지금은 구경할 수 없다고 말했다. 의뢰인이 여기 사는 게 확실한 겁니까,라고 묻자 그럼 지금 내가 거짓말이라도 한다는 거냐,라고 노인은 말했다. 더 이상 얘기하기 싫다는 눈치였고, 하는 수 없이 그를 따라 컨테이너를 빠져나왔다.

나는 노인의 뒤를 느적느적 따라갔다. 컨테이너 옆에 개집이 하나 있었는데 까만 개가 우리를 보더니 꼬리를 흔들며 뛰어왔다. 노인에게 가지 않고 나에게 다가와 몸을 비볐다. 나한테 굳이 이러지 않아도 되는데,라고 혼잣말을 했다. 내가 앉아서 반기자 개는 내 볼을 핥았다. 나는 밀어 넣듯이 개를 개집으로 데려갔다. 안을 보자 뭔가가 꿈틀대고 있었다. 쥐가 모로 누워 숨을 쉬고 있었는데 죽어가는 빛이 역력했다. 개의 주둥이에서 끈적한 침이 흙바닥으로 뚝뚝 떨어졌다. 쥐는 경련을 한 번 일으킨 후에 더 이상 움직이지 않았다. 개가 날 보며 끼잉끼잉 하는 소리를 냈다.

노인이 묵는 숙소로 가기 위해 박물관을 빠져나왔다. 앞서 가던 그가 갑자기 장화를 벗더니 맨발로 걷기 시작했다. 이렇게 걸으면 지압이 돼. 노인은 앞을 보며 말했다. 나도 신발을 벗어볼까 잠시 고민했는데, 그때 뭔가를 밟았는지 노인은 날카로운 소리를 냈다. 다리를 번갈아 들었다. 통이 넓은 바지를 입은 탓에 종아리 안쪽이 보일 듯 말 듯했다.

집에 도착하자마자 노인은 발부터 씻어야겠다며 안으로 들어갔다. 나는 문 앞에 서서 집을 구경했다. 어쩐지 낯이 익었다. 집 주위에 다른 건물은 보이지 않았다. 어디서 봤을까 곰곰이 생각하는데, 그새 씻었는지 노인이 내 앞에 서 있었다. 뭐 해, 안 들어오고. 노인은 화가 난 사람처럼 말했다. 신발을 벗으며 노인의 발등을 보니 물기가 그대로 남아 있었다.

식사를 준비하는 사이 거실에 앉아 TV를 봤다. 해파리에게 피해를 입은 사람들이 출연하는 프로그램이었다. 소리를 줄인 탓에 무슨 얘길 하는 건지 알아들을 수가 없었다. 해파리에게 쏘인 부위만 화면 가득 보여줬다. 팽팽하게 부은 부위가 펑 하고 터질 것 같았다. 혹시 거울 있습니까. 주방을 향해 소리쳤으나 노인은 아무런 대답도 하지 않았다. 동상이 걸린 잇몸도 해파리에 쏘인 부위와 비슷하지 않을까 싶었다. 입술을 뒤집어 손가락으로 더듬어봤으나 가늠이 되지 않았다. 축축해진 손가락을 바지에 닦았다. 노인이 이쪽으로 오라며 나를 불렀다. 식탁 위에 있는 음식들을 보자 식욕이 일기 시작했다. 노인은 모자를 쓰고 있었는데 이유를 묻자 음식에 머리카락이 들어갈 것 같아,라고 말했다. 그깟 머리카락이 뭐가 대수냐고, 행여 머리카락을 먹어봤자 알지도 못할 거라고 말하고 싶었으나 나는 입을 다물었다. 노인은 양팔을 떨며 앉으라고 권했다. 식탁 위 그릇들이 흔들렸다. 수저를 들기 전 안주머니에서 약봉지를 꺼냈다. 노인의 시선을 느끼며 약을 먹었다. 그러곤 음식을 먹기 시작했다. 음식을 먹는데 나도 양팔이 떨렸다. 진정이 될 때까지 기다렸다가 다시 음식을 먹었다.

　사장한테 전화를 받았다고.

　네.

　얼굴은 왜 그래?

　나는 대답 없이 먹는 일에 집중했다. 동상에 걸린 잇몸에선 아무런 감각도 느껴지지 않았다. 입안에 음식물을 가득 채운 채 노인을 힐끗 바라봤다. 나를 빤히 쳐다보고 있었다. 눈이 마주치자 밥 먹을 때에는 밥이나 먹어,라고 노인은 말했다. 나는 다시 허겁지겁 음식을 먹었다. 그릇이 바닥을 보일수록 아쉬운 기분이 들었다.

식탁 중앙에 김이 모락모락 올라오는 닭 요리가 보였다. 한 번도 젓가락을 대지 않자 노인이 닭을 내 쪽으로 밀었다. 털을 벗긴 후 바로 삶았는지 머리와 발이 그대로였다. 다시 노인 쪽으로 밀었다. 휴지로 입을 닦곤 자리에서 일어났다. 부어오른 뺨이 부르르 떨렸다. 손으로 문지르자 노인이 도와주겠다며 다가왔다. 우리는 거실 소파에 마주 앉았다. TV에선 아직도 해파리가 바닷속을 떠다니고 있었다. 해파리는 자신의 촉수를 꽂을 대상을 찾는 것처럼 보였다. 노인이 얼음 주머니를 가져와 내 볼에 댔다. 술 냄새가 코를 찔렀다. 모자챙 아래 그늘진 노인의 눈이 보였다. 우리는 한동안 눈을 돌리지 않은 채 그대로 앉아 있었다. 주인은 느닷없이 모자를 벗곤 나더러 이제 나가라고 얘기했다. 나는 군말 없이 자리에서 일어났다. 밖이 슬슬 어두워지고 있었다.

걷는 동안 볼이 화끈거렸다. 박물관으로 돌아가는 길에는 어둠이 낮게 깔려 있었다. 가는 길에 축사가 보였고, 축사 문틈에서 나온 희미한 빛이 실금처럼 흙바닥에 그어져 있었다. 축사에 다가갔다. 귀를 대봤으나 안에선 아무런 소리도 들리지 않았다. 문을 옆으로 밀었다. 파란 비닐이 문과 함께 흔들렸디. 문을 열자 눈이 부신 탓에 눈물이 찔끔 나왔다. 눈을 비비고 안으로 들어갔다. 전에 맡아봤던 매캐한 냄새가 났다.

축사 안은 텅 비어 있었다. 동물 한 마리 보이지 않았다. 군데군데 깃털 뭉치들이 있었고, 톱밥에 엉킨 똥들이 가득 쌓여 있었다. 축사 끝까지 길게 뻗은 알루미늄 모이통에는 사료가 아직 그대로였다. 걸음을 옮겨 안으로 들어갔다. 가스등처럼 천장에 매달린 조명들이 걸을수록 그림자를 여럿 만들었다. 그때 닭이 우는 소리가 축사 밖에서 들려왔다.

작업장을 남기고 떠난 먼 친척은 시골에 내려갈 때마다 닭으로 요리를 만들어줬다. 닭을 직접 잡아 털을 벗기고 내장을 빼내 요리를 했다. 한번은 나에게도 이제 닭을 잡을 줄 알아야 한다며 닭장으로 끌고 간 적이 있었다. 닭 요리를 안 먹으면 되잖아요, 하고 말해도 친척은 막무가내였고 내 손에는 망치가 쥐어졌다. 닭장 안에서 친척은 종종 넘어졌다. 날쌘 놈을 잡아야 한다고 했는데 쉽게 잡히지 않았다. 한 마리를 잡아 날개를 붙들어 내 앞에 들이댔다. 그걸로 목 뒤를 쳐라, 그럼 기절한다. 친척은 말했다. 눈을 질끈 감고 망치를 내리쳤다. 닭이 후드득 날아가고, 친척은 손가락을 붙잡은 채 주저앉았다. 엄지손톱이 깨져 피가 줄줄 흘렀다. 나는 닭을 쫓아가 구석으로 몰았다. 발로 누른 채 망치를 휘둘렀다. 친척은 뒤에서 끙끙 하는 소리를 냈다. 엄지손가락이 뭔가에 쏘인 것처럼 퉁퉁 부어올랐다.

닭이 없는 축사에서, 닭이 우는 소리가 들리자, 닭을 찾아야겠다는 생각이 들었다. 똥 무더기에 꽂혀 있는 삽을 뽑았다. 축사 밖으로 나가 소리가 들려오는 곳을 가늠했다. 컨테이너 쪽이었다. 닭들이 번갈아가며 울어댔다. 삽을 질질 끌며 걸음을 옮겼다. 축사를 지나자 어둠에 둘러싸인 컨테이너의 윤곽이 보였다. 개집에는 개가 보이지 않았다. 닭들은 컨테이너 끝에 있는 듯했다. 삽을 들고 소리를 최대한 낮추며 걸었다. 앞이 잘 보이지 않아 오른손으로 컨테이너 벽을 더듬었다. 앞으로 걸을수록 컨테이너는 끝이 없는 것처럼 느껴졌다. 어느 순간 오른손이 허공을 짚었고, 거짓말처럼 주위가 조용해졌다. 나는 한참을 서 있었다.

컨테이너로 들어가 불을 켜보려 했으나 스위치가 보이지 않았다. 창문을 통해 어렴풋이 빛이 들어왔다. 이불과 베개를 찾을 수 없어 그 자리에 바로 누웠다. 날이

선 하기가 등을 통해 전해지자 잇몸의 통증이 다시 살
아났다. 머리까지 통증이 전해졌다. 잠이 오지 않았다.
통증 사이로 다른 상상들이 끼어들었다. 뱀의 뾰족한 송
곳니와 코끼리의 하얀 상아, 두꺼운 호랑의 어금니 같은
것들이었는데, 뒤죽박죽 동물들이 뭉치자 통증이 가라
앉는 것 같기도 했다. 닭의 울음소리가 다시 들렸다. 다
시는 들어 보지 못할 긴 울음소리였다.

　다음 날 아침, 눈만 뜬 채로 한동안 자리에서 일어나
지 않았다. 나는 꽤 오랜 시간을 깊게 잠들었던 것 같았
는데, 눈을 뜨자 곰팡이로 얼룩진 천장이 보였고, 이렇
게 누워 천장을 바라보는 것이, 꼭 이렇게 됐어야만 하
는 어떤 순서의 끝처럼 느껴졌다. 나는 어쩌다 여기에
누워 있을까 생각하다가, 생각해보니 그것은 의뢰인 때
문이라고, 의뢰인을 찾아왔지만 의뢰인이 없는 의뢰인
의 집에 왔기 때문이라고 결론지었다.
　왼쪽이 잘 보이지 않았다. 어제보다 더 부은 모양이
었다. 포기하는 심정으로 자리에서 일어났는데, 포기라
고 하니 나 자신이 왠지 비겁하게 느껴졌다.

박물관에서 노인을 기다렸지만 아무리 기다려도 오지 않았다. 엘리베이터 앞에 서서 안내판을 훑어봤다. 층마다 다른 분야로 나뉘어 있었고, 글이 아닌 그림으로 층을 설명하고 있었다. 계단 옆 안마 의자에 앉아 전원을 눌렀다. 한 세기 전에 만들어진 기구라고 적혀 있었는데 그래서인지 영 시원찮았다. 5분도 되지 않아 아프지 않았던 곳까지 아픈 느낌이라 의자에서 일어났다.

정류장에 들어서자마자 버스가 들어오고 있었다. 버스 안에는 기사를 제외하곤 아무도 타지 않아서 혹시 잘못 탄 건 아닌지 걱정했는데, 전에 봤던 기사가 운전대를 잡고 있었다. 행선지를 말하자 그쪽으로 가는 버스라고 말했다. 기사는 나를 슬쩍 보더니 다시 인상을 찌푸렸다. 운전석 뒷자리에 앉아 안주머니를 뒤졌는데 약봉지가 만져지지 않았다. 노인의 집에 놓고 온 것 같았다. 창밖으로 테니스 코트가 보였다. 잡초들이 우거져 네트는 거의 보이지 않았다. 다시 병원에 와야 한다고 당부했던 담당 의사의 말이 떠올랐다. 버스 기사는 정류장에서 승객들을 태우지 않고 그냥 지나쳤다. 전보다 빠르게 동네에 도착했다. 버스에서 내리며 안녕히 계세요,

라고 하자 버스 기사가 손을 흔들며 웃었다. 승객들이
하나둘 버스에 올라탔다.

　작업장에 도착해 초인종을 눌렀다. 팔콘이 멀리서 짖
었다. 조수는 보이지 않았다. 조수가 있을 법한 곳을 생
각해보다가 컨테이너로 갔다. 손잡이를 돌려보자 그대
로 문이 열렸다. 못 보던 신발이 놓여 있었는데, 조수야,
라고 불러도 나오지 않았다. 주방 쪽에서 노래를 흥얼거
리는 소리가 들렸다. 조수는 음식을 준비하며 콧노래를
부르고 있었다. 인기척을 느꼈는지 몸을 돌렸다. 얼굴을
보고 깜짝 놀라 뒤로 넘어갈 뻔했다. 조수의 얼굴에는
까만 피딱지가 점처럼 박혀 있었는데 개수를 셀 수 없
을 만큼 많은 피딱지가 얼굴을 덮고 있었다. 얼굴이 왜
그래, 하고 묻자 조수는 점을 뺐다고, 생각했던 것보다
점이 많아서 한동안 밖에 나가지도 못한다고 했다. 조
수의 얼굴에 점이 많았던가, 떠올려보는데 이번에는 조
수가 내 얼굴을 보고 놀란 것 같았다. 더 부었어? 조수는
입을 벌린 채 나를 바라보기만 했다. 가스레인지에 올린
냄비에서 물이 펄펄 끓었다.

방으로 들어가 잠깐 누워 있었다. 곧 전화가 울렸다. 의뢰인이었다.

오늘 박물관에 오기로 했잖아요.

지금 거기서 오는 길이라고, 노인을 만난 일과 박물관을 둘러본 일을 설명했지만 도대체 무슨 소리냐는 대답만 돌아왔다.

노인은 뭐고, 개는 뭡니까.

의뢰인은 이제 화를 냈다. 날더러 거짓말이나 하는 후레자식이라고 했다. 나는 후레자식의 뜻이 뭔지 잘 몰랐는데, 욕인 것은 분명했고, 일을 맡긴 사람에게 후레자식이라고 하는 의뢰인이 이상하다고 생각했다. 컨테이너에서 잠도 잤어요,라고 하자 내 말이 끝나기도 전에 의뢰인은 당장 오지 않으면 고소를 하겠다고 윽박을 질렀다. 나는 그 말이 농담처럼 들렸다. 실제로 의뢰인이 피식피식 웃었기 때문이다.

한산할 거라 생각했던 치과는 사람들로 북적여 꼭 시장에 온 기분이었다. 다들 인상을 잔뜩 찌푸린 채 차례를 기다렸다. 간호사가 자기 이름을 호명할 때마다, 하기 싫은 일을 억지로 하는 아이처럼 겨우 일어났다. 간간이 의료 기구가 작동되는 소리가 들렸는데, 주로 뭔가를 빨아들이는 듯한, 청소기 비슷한 소리가 났다. 카운터에서 접수를 하려는데 불쑥 간호사가 왜 왔느냐고 물었다. 전에도 왔었는데,라고 하자 진료 기록이 없다고 했다. 탱탱한 내 볼을 보더니 혹시 병원을 잘못 찾아온 것은 아니냐고, 내과는 길 건너편에 있다고 말했다. 알았으니 의사를 만나게 해달라고, 날 보면 기억할 거라고 얘기하자 일단 저쪽에 앉아서 순서를 기다리라고 했다.

차례가 되어 진료실로 들어가자 그곳에는 전에 봤던 의사가 앉아 있었다. 또 오셨네요, 그는 말하며 의자를 권했다.

아이고, 볼이 많이 부으셨네.

그는 신기한 광경을 보는 것처럼 감탄했다. 나를 앉혀놓곤 이리저리 둘러보느라 바빴다. 툭툭 만져 보기도, 입을 벌려 안쪽을 관찰하기도 했다. 나는 동상에 걸렸는데 왜 잇몸이 붓는 건지 모르겠다고 하자, 그는 자기도 그 점이 궁금하다고 했다. 왼쪽이 안 보이니까 부기라도 좀 빼주세요. 그는 가운을 벗으며 알겠다고 했다. 그러곤 증상에 알맞은 처방을 내려주겠다고 말했다. 나는 겉옷을 벗고 진료 의자에 앉았다. 얼굴을 비추는 조명을 바라보며 눈을 감았다.

다행이라고 해야 할까, 증상이 그리 오래가진 않았지만, 아직도 원인을 모르겠다. 날이 추워지면 가끔씩 잇몸이 욱신거린다. 조수는 자꾸 찬 음식과 음료를 권한다. 데워 먹으려고 주방으로 가면 흘깃흘깃 쳐다본다. 팔콘은 날이 갈수록 초췌해져 걱정이 이만저만이 아니었는데, 병원에 데려가도 별다른 얘기는 듣지 못했다. 마음의 준비가 어쩌니 그런 말을 하자 조수가 책상 위에 놓인 달력을 바닥으로 떨어트렸다. 수소문한 끝에 어떤 전문가를 찾아냈는데, 그는 수의사도, 조련사도, 그렇게 의족 기술과 관련된 사람도 아니었고 그저 이런 일을 많이 해결해본 사람이라고 들었다. 소파에서 잠든 팔콘을 볼 때마다 머리를 쓰다듬어주고 싶지만 손만 대면 으르렁거리는 바람에 바라보는 것밖에 할 수 없었다.

은색 점프 슈트를 입은 사람들이 다시 찾아온 적이 있다. 열댓 명이 승합차에서 내렸는데 각자 손에 뭔가를 들고 있었다. 누군가는 서류를, 누군가는 기다란 전등을, 누군가는 막대기 같은 것을 들고 작업상을 수색했다. 나는 그들이 경찰이라거나 비밀 요원 혹은 하다못해 정부 기관에서 일하는 사람들일 거라 생각했는데 어떤 설명도 하지 않아 어떻게 반응해야 할지 매번 난감했다. 그들이 하는 대로 두는 것이 최선의 방법인 듯했다. 일주일 정도 내리 다녀갔던 것 같다. 나와 조수도 처음에는 그들을 지켜봤지만 나중엔 그러거나 말거나 신경 쓰지 않았다.

돌풍이 자주 분다. 옷을 털면 모래가 잔뜩 떨어진다. 돌풍이 불 때마다 문을 걸어 잠그고 밤새 조수와 술을 마신다. 창문이 깨진 적도 있다. 알루미늄 합판으로 막고 망치질을 했다. 당연히 찾아오는 사람들이 줄어들었다. 대수롭지 않다. 작업장엔 할 일이 쌓여 있고 돈이 부족하지도 않다. 빠르게 움직이는 구름 사이로 해도 보이지 않는다. 꽤 오랜 기간 돌풍이 멈추질 않는다. 한 달까지 셈하다가 관뒀다. 그사이 아마도 뭔가가 바뀐 것 같다. 온도가 내려가고 먼지가 많아졌다. 가끔 평원에 벼락이 치지만 소리는 들리지 않고 사위가 잠깐 밝아졌다가 어두워진다. 그럴 때면 마주 앉은 조수의 얼굴이 조금씩 환해진다.

조수에게 예전 일을 물어볼 때면 아무 말도 하지 않아서, 그날도 지나가는 말로—할 얘기가 떨어지기도 했고, 말없이 앉아 있기가 어색해서— 물었는데, 술기운 때문인지, 분위기 때문인지, 자신의 지난날에 대해 얘기하기 시작했다. 그런 경우는 처음이라 적잖이 놀란 표정을 짓자 그런 반응이라면 관둔다고 말해서 겨우 달랬다. 문이 흔들릴 때마다 팔콘이 뒤척이길 반복했다.

조수는 수치를 기록하는 사람이다.

여전히 그 일을 다시 해야 한다고 생각하기 때문인지 그렇게 소개했다. 조수에게는 자신의 상반신만 한 크기의 가방이 있고, 가방 안에는 수치를 확인하고 기록하는 장비들이 가득하다. 일정 수치가 벗어난 곳을 지도에 표시하고 보고한다. 버튼을 누르면 수치는 자동으로 전송되고 분마다, 시간마다, 일마다, 월마다, 기록된다.

조수는 떠도는 사람이다.

집에 가질 못해서 집을 서분한 적도 있다. 조수에게 는 수치를 잰 장소와 수치를 잴 장소와 수치로 환산되 는 숫자와 제때 입금되는 보수와 음식과 잠을 해결할 곳에 대한 고민만 있다. 수치가 기준보다 낮거나 높아도 물어보지 않는다. 꽤 오랫동안 그 일을 했다. 일은 단순 했고 생활도 단순해졌다. 별일이 없다면 계속해서 그 일 을 하고 싶었다. 아마도 가능했을 것이다. 그곳에만 가 지 않았다면. 조수는 술을 마시면서 설명했다.

운전사가 먼저 내려 주변을 둘러봤다. 조수 역시 옷 을 챙겨 차에서 내렸다.

당분간 이곳을 조사하면 됩니다.

조수는 운전사가 자신만 두고 가는 깃이 내심 불편 했으나 내색하진 않았다. 회색 건물 안에서 희미한 불 빛이 밖으로 새어 나오고 있었다. 가방을 감싼 빗물 방 지용 천이 흘러내려 바닥으로 떨어졌다. 조수는 천을 들어 올려 가방을 다시 덮었다. 유난히 가방이 무겁게 느껴졌다.

일주일 뒤에 다시 데리러 오겠습니다. 그때까진 여기 서…

운전사는 무슨 잘못이라도 지은 것처럼 머리를 조아
리며 말했다. 건물 뒤에 자리한 숲이 어둠 속에서 흔들
거렸다. 조수는 고개를 위로 들며 작업복 앞섶을 잠갔
다. 빠르게 움직이는 구름 탓인지 하늘이 입체적으로 느
껴졌다고, 조수는 말했다.

운전사가 알려준 길을 따라, 조수는 한참을 걸었다.
주머니에 손을 넣어 열쇠를 만지작거렸다. 조금만 가면
건물로 들어가는 입구가 나올 거라고 했다. 그보다 먼저
끼익끼익 하는 소리가 가까워졌다. 경비 초소라고 적힌
팻말이 보였다. 사람은 없었지만 문이 바람에 흔들리고
있었다. 초소 처마 밑에 걸린 색색의 천과 깨진 창문도
보였다. 여기가 아닌가, 조수는 잠깐 고민했지만 설마
다른 곳에 내려줬을까 싶어 그대로 걸었다. 원래는 빨간
색이었을 페인트가 벗겨져 그 속의 기둥이 뼈처럼 드러
나 보였다. 문이 흔들릴 때마다 초소 안쪽이 보일 듯 말
듯했다. 조수는 문 앞으로 다가갔다. 열쇠를 꺼내 자물
쇠에 맞춰보려 했지만, 자물쇠가 없었다. 무릎까지 자란
잡초를 밟으며 돌아 나왔다. 등 뒤에선 여전히 끼익끼익
소리가 들렸다.

조금 더 걷자 곧바로 운전사가 알려준 건물이 나왔다. 8층으로 된 건물이었고, 회전문은 잠겨 있었지만 바로 옆 비상문이 열려 있었다. 문을 열고 안으로 들어갔다. 로비 중앙 바닥이 움푹 꺼져 있었다. 안내 데스크라고 적힌 테이블 앞에서 헛기침을 크게 했다. 가방을 올려 두고 숨을 고르는 사이, 테이블 뒤의 문이 열리며 불쑥 한 남자가 모습을 드러냈다. 조수는 놀라진 않았지만 행색이 수상쩍었다고 말했다. 첫눈에 봐도 피곤한 기색이 역력했고 초췌한 모습이 꼭 극심한 노동에 시달린 사람 같았다고. 눈자위와 입이 유난히 들어간 탓에 마치 어두운 구멍처럼 보였다.

조사하러 온 분이시죠?

빈 건물이라고 했던 것 같은데. 조수는 전달 사항을 잘못 들었나, 자신을 의심했다. 하지만 지금까지 그런 적은 없었기 때문에 아무래도 운전사가 잘못 내려준 것 같다고 다시 생각했다. 남자는 조수의 등 뒤로 시선을 던지며 주위를 살폈다. 입고 있는 옷은 넝마와 다를 바 없어 보였다. 남자가 안내 데스크 문을 옆으로 밀자 드르륵 소리가 났다. 방을 안내해준다며 앞서 걸었다. 기다란 복도에 방이라고 할 수 있는 문은 보이지 않았지만 계속 걷다 보니 철로 제작된 문이 보였다.

　조수는 짧게 묵례를 하고 방 안으로 들어갔다. 불이 꺼진 촛대가 책상 앞에 놓여 있었다. 걸을 때마다 발바닥을 통해 한기가 전해졌다. 잠이 쏟아져 그대로 침대에 누웠다. 그때까지 남자는 조수를 계속 바라봤다. 볼일이 남았는지 할 말이 있는 건지 나가지도 않고 우두커니 서 있었다. 그러다 급하게 인사를 하고 방을 나섰다. 조수는 이불을 덮으며 남자가 있던 문을 바라봤다. 남자의 실루엣이 문틈에 비쳤다가 사라졌다. 벽을 통해 바람이 새어들었다. 밤은 계속 깊어 갔고, 구름들이 빠르게 창밖으로 무리 지어 지나갔다. 잠은 쉽게 오지 않았다. 풀벌레들이 문에 부딪히는 소리와 이름 모를 새들의 울음소리가 잠을 방해했다. 마치 숲의 한가운데에 누워 있는 것 같다고, 조수는 생각했다. 이불을 머리까지 덮어쓰며 겨우겨우 잠에 들었다.

　조수는 여기까지 말하고 냉장고로 가서 술을 가져왔다. 그사이에 나는 잠깐 졸았다. 이야기를 놓치지 않기 위해서 계속 눈에 힘을 줬다.

　한밤중에 그를 깨운 건 사람들의 대화 소리였다.

　그냥 가자니까. 아파 보이는데. 누구지. 자는 중이잖아. 내가 어떻게 알아. 우릴 듣고 있는 것 같은데요. 깨우지 마. 그냥 가요. 자게 내버려둬. 움직이는데. 잠결에 뒤척거리는 거야. 여긴 왜 왔지. 일어나면 뭔가 물어보려 할 거야. 얼른 가자. 가지 마요. 창백해. 자꾸 움직이는데. 어디로 갈 건지 정해.

　눈을 뜨자 더 이상 대화 소리는 들리지 않았다. 누운 자리에서 일어나 방을 살폈다. 날카로운 바람 소리만이 귓가를 맴돌았다. 조수는 벽으로 다가가 손을 들어 벽을 쓰다듬어 보았다. 오돌토돌한 게 꼭 파충류의 피부 같았다고, 조수는 말했다. 잠이 덜 깨 머리가 몽롱했다. 다시 이불 속으로 들어가야 하나, 조수는 선 채로 눈을 감고 고민했다. 방 안은 조용했다. 조수는 침대에서 내려와 이불을 문 옆에 깔았다. 그러곤 문을 한 뼘 열고 밖을 바라보며 잠을 청했다.

　동이 트고 아침이 한참 지났을 무렵, 어떤 여자가 방을 찾아왔다. 조수는 밤잠을 설친 탓에 깊이 잠들어 있었다.

이봐요, 일어나봐요. 아직 자고 있으면 어쩌자는 거예요.

여자는 문을 세게 두드렸다. 그래도 문을 열지 않자, 문을 열고 방 안으로 들어와 조수를 흔들어 깨웠다. 겨우 정신이 든 조수는 화들짝 놀라 옷매무새를 정리한 뒤 잠시 시간을 준다면 준비해서 나가겠다고 정중하게 말했다. 손바닥에 물이 흥건했다.

여자는 자신을 이곳에 먼저 조사 나온 직원이라고 소개했다. 직원이 왜 찾아왔을까, 처음에 의아해하다가 생각해보니 그건 의아해할 일이 아니란 걸 떠올렸다.

그나저나 이 건물은 어떻게 알고 온 거예요.

직원은 의자에 앉으며 말했다. 조수는 방에서 나오자마자 눈을 몇 번이나 깜빡였다. 폐건물에 가까운 광경이었다. 어두워서 잘 안 보였다곤 하지만 어제와는 전혀 다른 곳에 온 것만 같은 기분이었다. 고개를 들어 천장을 둘러봤다. 녹색으로 번진 물이 뚝뚝 떨어졌다. 사방에서 물이 떨어지고 있었다.

조수는 그간의 일을 설명하면서 주머니를 뒤졌다. 열쇠가 있었는데, 말을 하며 주머니를 뒤졌지만 잡히는 게 없었다.

그러니까 어떤 남자가 불쑥 나타나서는 이 방을 안내했다는 말이죠?

직원이 재차 물었고 조수는 고개를 끄덕였다.

사람이 들어오지 못하는 곳인데.

직원은 말을 뱉곤 의자에서 일어났다.

일단 같이 갈 데가 있으니 나가죠.

여긴 수치가 높은 편인가요?

직원은 대답 없이 걷기만 했다. 낙엽이 발밑에서 으스러졌다. 이렇게 많은 낙엽이 쌓여 있다니, 조수는 신기했다. 근처에 나무가 많은 것도 아니었다. 오히려 헐벗은 민둥산에 가까웠다. 그 민둥신을 가리듯 낙엽들이 쌓여 있었다. 어떤 곳은 발이 움푹 들어갈 정도였다. 조수는 일 얘기는 하지 말 걸 후회했다. 왠지 직원에게 밉보이면 안 될 것 같은 기분이 들었다고 말했는데, 왜 그런 건지는 따로 말해주지 않았다.

둘은 말없이 걸었고 중천에 뜬 해가 그들의 머리 위를 비췄다. 직원은 뭔가를 찾는 것처럼 두리번거리다가, 땅만 보고 걷다가, 다시 두리번거리기를 반복했다. 조수도 직원의 행동에 맞춰 고개를 들었다가 내렸다.

이상하네, 여기 어디였던 것 같은데.

갑자기 바람이 불어 낙엽 부스러기가 허공에 흩날렸고 직원의 얼굴을 덮었다. 직원은 입에 들어간 부스러기를 퉤퉤 뱉었다. 조수가 더 이상 참지 못하고 어디로 가는 건지 물어보려던 찰나, 그들 앞에 높은 철책이 나타났다. 오래전에 지었는지 군데군데 철창이 빠져 있었다. 직원은 있는 힘껏 문고리를 잡아당겼다. 빡빡한 탓에 문이 잘 열리지 않았다. 얼굴이 빨개질 만큼 힘을 썼고, 그제야 비명처럼 날카로운 소리를 내며 문이 열렸다.

뭐 해요, 안 들어오고.

조수는 여러 형상의 철상들을 번갈아 바라봤다. 아무래도 잘못 따라온 것 같다는 생각이 들었다. 무턱대고 따라오다니 경솔한 것 같았다. 왠지 찜찜하고 불편한 기분을 버릴 수 없었다.

사람과 비슷한, 팔 부분이 유난히 긴 철상을 올려다봤다. 한 손에는 긴 채찍이 들려 있었다. 그 철상을 지나자 머리에 투구를 쓴 다른 철상이 보였다. 자세히 보니 사람의 얼굴이 있어야 할 자리에 말의 머리가 있었다. 돼지도 보였고 닭도 보였다. 철상들 대부분이 동물의 머

리로 구성되어 있었다. 직원은 나무 꼬챙이를 하나 줍고
는 바닥 여기저기를 찔러보며 걸었다. 꼬챙이가 닿을 때
마다 낙엽이 부서졌다.

뭘 찾는 겁니까.

여기에 장비를 두고 가서요.

조수가 아무 말이 없자 머쓱했는지 하던 일을 계속했
다. 길옆으로 도열된 철상들을 지나자, 여기서부터 공동
묘지입니다,라는 팻말이 보였다. 길이 끝나는 곳에 수십
개의 무덤이 자리 잡고 있었다. 아무렇게나 삐죽삐죽 자
란 풀들이 무덤들을 더 크게 보이게 했다. 조수는 직원
을 뒤로 하고 무덤들 사이를 걸었다. 발자국처럼 땅바닥
에 박힌 묘비들을 구경했다. 이름과 기일 따위가 적혀
있었고 망자를 기리는 문장들도 더러 보였다. 조수는 왠
지 자신이 숙연해져야 할 것 같아 난감했다. 그리고 숙
연해지지 않는 자신 때문에도 난감했다.

저는 제가 조사해야 하는 곳들만 보고 떠날 겁니다.

조수의 말을 듣는 둥 마는 둥 직원은 여전히 꼬챙이
로 바닥을 쑤시고 있었다. 속도가 점점 빨라졌고 범위도
넓어졌다. 화가 난 것처럼 바닥을 쑤셨다. 그러다 힘이
너무 들어갔는지 꼬챙이가 부러졌다. 부러진 꼬챙이를

신경질적으로 던졌다. 조수는 직원이 그러거나 말거나 공동묘지를 빠져나왔다. 무덤을 덮을 정도로 길게 자란 풀들이 바람에 맞춰 일정하게 흔들렸다.

그때 봤던 것들을 그려줄 순 없냐고 묻자 조수는 귀찮은 표정을 지었다. 떠올리고 싶지 않다고 혼잣말을 했다. 그러는 사이 팔콘이 소파에서 일어나 곁으로 다가왔다. 아마도 잠투정을 하려나 했는데 무릎을 베개 삼아 눕고는 다시 잠들었다. 나는 조수가 뭔가를 자꾸 빠트린 채 얘기를 한다고 생각했는데 설명을 원했다간 말을 멈출 것 같아 조용히 듣기만 했다.

조수는 마을로 내려와 곧바로 식당을 찾았다. 배가 너무 고파 어지럽기까지 했다. 꽤 오랜 시간 걸렸다. 겨우 식당을 찾았고 이마에 손을 얹고 안으로 들어갔다. 자리에 앉자 금이 간 시멘트 벽이 보였다. 식당 안에는 남자 여럿이 둘러앉아 뭔가를 먹고 있었는데, 자세히 보니 각자 손에 뼈를 든 채 살점을 뜯어 먹고 있었다. 다들 입가가 기름 범벅이었다.

저쪽이랑 같은 걸로 주세요.

물을 내온 식당 주인에게 말했다. 주인은, 저 음식은 다 떨어졌으니 다른 걸 시키라고 말했다. 지금 저는 뼈를 발라 먹고 싶은데 어떻게 안 될까요, 하고 묻자, 뼈로 국물을 낸 국이 있으니 그걸 먹으라고, 더 이상 투정을 부린다면 내쫓아버릴 거라고 으름장을 놨다. 조수는 시무룩한 기분으로 수저를 들었다. 국물을 수저로 떠서 입에 넣었다. 알고 있던 맛이 아니었다. 다른 음식들도 마찬가지였다. 분명 전에도 먹어본 것 같은데, 그 맛이 나지 않았다. 뒤를 돌아봤다. 식사를 마친 남자들이 식당을 나서고 있었다. 그들이 있던 자리에는 살점 하나 없는 뼈다귀들이 잔뜩 쌓여 있었다. 조수는 다시 국을 먹었고, 그러다 수저를 놓쳐 국물이 사방으로 튀었다. 주인이 그가 앉은 테이블 위에 행주를 던졌다. 얼룩이 남지 않도록 테이블을 꼼꼼히 닦았다.

식사를 마치고 밖으로 나오자 조금은 기분이 진정되는 것 같았다. 서둘러 일을 시작해야 하는데 생각보다 시간을 많이 소모했다. 얼른 시작해야지, 하고 길을 따라 걸었다. 그때 길 옆쪽에서 수십 명으로 이뤄진 행렬이 다가오고 있었다.

행렬 맨 앞에 선 누군가가 보폭에 맞춰 소리를 질렀

다. 행렬은 점점 조수가 서 있는 곳과 가까워졌다. 모두 점프 슈트를 입고 있었다. 조수는 걸음을 멈추고 행렬이 지나가길 기다렸다. 사람들은 잠든 것처럼 걸었다. 점프 슈트 곳곳이 해져 구멍이 뚫렸고 불에 그슬린 듯한 부분도 보였다. 건물이 있던 쪽과는 반대편으로 행렬은 나아갔다. 어림잡아도 족히 쉰 명은 되는 것 같았다. 행렬의 끝을 졸졸 따라가는 아이들도 보였다. 멀어지는 행렬을 보며 조수는 속이 더부룩해지는 것을 느꼈다.

조수는 가방에서 장비를 꺼내 가는 곳마다 수치를 기록했다.

빨간 불이 한 번 깜빡, 하면 기준치,

빨간 불이 두 번 깜빡, 깜빡, 하면 미만,

빨간 불이 세 번 이상, 반짝이면 기준을 초과한 수치였다.

마을의 중심부가 어디일까 생각하며 걸었다. 지나가는 사람이 있으면 물어보려 했으나 행렬 이후로는 사람들이 보이지 않았다. 색을 잃어가는 풍경만이 무기력하게 펼쳐져 있었다. 어쨌건 계속 걸었고, 한 남자가 불현

듯 조수의 곁에 다가왔다. 어젯밤에 본 사람이었다. 간
밤에 잘 잤느냐고 남자는 말을 걸었다. 사람들이 시끄럽
게 굴어 통 잠을 못 잤다고 대답했다. 남자는 묻지도 않
은 길을 조목조목 알려줬다. 그러곤 반대로 걸어갔다.
조수는 묻고 싶은 것들이 있었으나 다음에 만나면 묻기
로 하고, 그가 알려준 길을 따라 걸었다.

　가게 안은 안개가 짙게 낀 것처럼 시야가 탁했다. 조
수는 환기를 위해 창문을 찾았지만 문을 제외하곤 사방
이 막혀 있었다. 가게 구석에는 기다란 온도계가 반쯤
기울어진 채로 벽에 기대 있었다. 진한 알코올 냄새 때
문에 코가 얼얼했다. 칸칸마다 마스크가 진열된 전시대
뒤에서 누군가가 모습을 드러냈다. 조수는 깜짝 놀라 소
리를 지르며 뒤로 넘어졌다. 그 모습에 주인도 놀랐고,
장난 좀 친 건데 이렇게 놀랄 줄은 몰랐다며 조수에게
사과했다. 조수는 부축을 받으며 자리에서 일어났다.

　마스크를 좀 살까 하는데요.

　주인은 뒷짐을 지곤 가게 안을 돌아다녔다.

　어떤 마스크?

　입과 코를 막는 마스크 말입니다.

　뭔가를 더 묻고 싶었지만 말문이 막혔다. 대신 천천

히 전시대를 구경했다. 마스크는 주먹만 한 것부터 얼굴 전체를 가리는 큰 것까지 종류가 다양했다. 전시대 옆에는 위아래가 한 벌로 연결된 옷들이 반듯하게 걸려 있었다. 주인은 살 거면 만지고 안 살 거면 손도 대지 말라고 말했다.

방진복이군요.

조수는 한번 입어보고 싶었으나 이내 생각을 접었고, 마스크만 하나 챙겨서 계산대에 내밀었다. 주인은 한 장씩 침을 묻혀가며 돈을 셌다. 가게를 나서려는 조수를 붙잡곤 라디오처럼 생긴 작은 기계품을 줬다. 자기 전에 소리를 들으면 머리가 맑아질 거라고 말했다. 조수는 기계품을 주머니에 넣곤 가게 문을 열었다. 시원한 공기가 가게 안으로 밀려 들어왔다.

그게 이거예요.

조수는 상의 안주머니에서 뭔가를 꺼내더니 테이블에 올려놓았다. 나는 조심히 그 물건을 살펴봤다. 더 이상 작동이 되진 않을 것 같았다. 그러나 처음 보는 구조였고, 정교했다. 뭔가를 축소해놓은 듯한 형태였는데, 부피를 달리하면 더 작게도 만들 수 있을 것 같았다. 용도를 묻자 조수는 고개를 절레절레 저었나.

　소리만 나와요. 뭔지 모를 소리만.

　음량을 조절하거나 다른 채널로 바꾸진 못하고, 그저 전원을 켜고 끄는 것밖에 할 수 없었다고 말했다. 주로 지직거리는 기계음과 단발적인 타격 소리, 새가 지저귀는 소리와 짐승이 낮게 우는 소리 등을 들었다고 말이다. 분해해볼 생각은 없었냐고 묻자 갑자기 술잔을 급하게 내려놨다. 그러곤 울상을 지었다.

　어디를 열어야 하는지 도저히 모르겠어요.

　돌풍이 멎었는지 밖이 조용했다.

　가게를 나서자 한 아이가 조수의 앞을 가로막았다. 몸을 돌려 지나치려고 했으나 아이는 계속 조수를 붙잡았다. 물에 젖었는지 겉이 너덜너덜한 박스를 들고 있었는데 안이 텅 비어 있었다. 아이는 다짜고짜 박스를 들이밀었다. 조수가 어리둥절한 표정을 짓자 아이는 박스를 흔들어댔다. 할 일이 태산이라고, 이곳에 온 이유와 자신의 일에 대해서 설명하려다가 관뒀다. 그때 뭔가가 보였다. 아이 뒤에 자리한 길 옆 덤불에서 누군가 그를 훔쳐보고 있었다. 햇빛을 받아본 적이 없는 것처럼 무척

하얗고 생기 없는 얼굴이었다. 입을 오물오물하는 것이 뭔가를 중얼거리는 것처럼 보였다. 긴 머리에서 물이 뚝뚝 떨어졌다. 아이는 뒤를 돌아 다른 아이를 바라봤다가 다시 조수를 바라봤다. 아이는 어쩔 줄 몰라 했다.

조수는 자신이 마치 그들 앞에서 지워진 것 같은 기분이 들었다고 말했다. 박스를 들고 있는 아이와 덤불에서 나온 아이는 그가 있거나 말거나 자기들끼리 얘기했다. 뭔가를 상의하는 것 같았으나 자세히 들리지 않아 그마저도 알 수 없었다. 조수는 물을 한잔 얻어먹을 수 있느냐고 물었다. 갈증이 나 목이 따가운 참이었다. 아이들은 자신들의 집으로 조수를 안내했다.

집은 멀지 않은 곳에 있었는데, 문을 열자 어둠침침한 조명 탓에 내부가 자세히 보이지 않았다. 한 아이가 먼저 집으로 들어갔다. 대화 소리가 희미하게 들렸다. 다른 아이에게 불을 좀 켜줄 수 있는지 물어보려는데 별안간 또 다른 아이가 뛰어나와 조수의 손을 붙잡았다. 조수는 끌려 들어가다시피 집으로 들어갔다. 큰 방이 보였고 그 안에 아이들이 둘러앉아 뭔가에 열중하고 있었다. 물을 가지러 간 아이는 보이지 않았다. 대신 키가 큰, 아이라고 하기엔 몸집이 컸지만 얼굴은 앳된 아이가 조

수를 올려봤다. 얇은 옷 겉으로 드문드문 등뼈가 보였
다.

여긴 왜 왔어요?

목이 따가워 대답하기가 힘들었다. 손을 들어 올려
물 마시는 시늉을 했다. 아이는 쯧쯧 혀를 찼다. 구석에
가서 앉아 있으라며 손가락질을 했다. 조수는 말을 무시
하곤 아이들이 있는 방으로 다가갔다. 어두운 탓에 아이
들이 뭘 하고 있는지는 보이지 않았다. 뭔가를 보는 것
같기도, 뭔가를 만드는 것 같기도 했다. 인기척을 내자
무리 중 몇몇이 슥 고개를 돌렸다. 그러곤 다시 하던 일
에 집중했다. 신발을 벗고 방으로 들어서려는데 물을 가
지러 간 아이가 어느 순간 다가와 가로막았다. 국그릇만
큼 큰 사발을 들이밀었다. 조수는 숨도 쉬지 않고 물을
들이켰다. 반 정도는 입 옆으로 흘렀다. 소매로 입을 훔
치며 방 안을 기웃거리자 아이는 나가라고 재촉했다. 아
이들이 웃기 시작했다. 어둠침침한 방만큼이나 음산한
소리 같았다. 등을 떠밀리며 그곳을 나오자 어느새 해가
지고 있었다.

거리는 어두컴컴한 안개에 휩싸여 있었다. 조수는 아
침에 나왔던 건물로 되돌아갔다. 석연찮은 기분을 떨치

기가 힘들었고 뭔가를 확인해야만 조사가 순조로울 것 같았다. 건물은 여전히 어둠에 잠겨 있었는데, 제일 꼭대기 층의 창문에서만 빛이 새어 나오고 있었다. 파란 불빛이 점점 옅어졌다가 다시 짙어졌다. 방으로 돌아가 짐을 내려놓고 그 옆에 앉아 숨을 돌렸다. 누군가 따라오는 기분이 들어오는 동안 재빨리 걸었다. 주위가 완전히 어두워졌을 때에는 안개 속을 거의 뛰는 것처럼 걸었다. 신발에 돌이 들어갔는지 발바닥이 따끔따끔했다.

조수는 간단한 장비와 손전등을 챙겨 방에서 나왔는데, 무섭거나, 두렵거나, 긴장감 같은 건 느끼지 않았다. 오히려 약간은 설레는 마음으로 건물 이곳저곳을 둘러봤다. 제어실에는 처음 보는 계기판이 많았고 모두 작동을 멈춘 듯했다. 숫자를 가리키는 바늘이 한 방향으로 고정되어 있었고 전원 버튼을 눌렀지만 그대로였다. 밖에서 봤던 꼭대기 층의 방으로 가려면 서둘러야 했지만 꼭 오늘이 아니어도 되겠지,라고 판단했다. 어떤 곳은 커다란 물탱크가 3층가량의 높이로 세워져 있었고, 용도를 알 수 없는 파이프가 잔뜩 쌓여 있는 곳도 있었다.

로비에 누군가가 서 있었다. 아니, 뭔가가 서 있었다. 조수는 꿈일 거라고 생각했다. 가게 주인에게 받은 장비

를 켜자마자 잠이 들었다. 너무 빠르고 깊게 잠든 탓에
꿈과 현실이 분간이 가질 않는 거라고, 조수는 생각했
다. 로비에 서 있던 그것은 조수를 보곤 몸을 움직였는
데 따각따각 구두 소리가 메아리처럼 사방을 가득 메웠
다. 자세히 보니 구두가 아니라 말발굽이었다. 말이 로
비에서 제자리걸음을 하고 있었다. 재밌는 꿈이라고 조
수는 생각했지만 꿈이라고 하기엔 말의 모습이 지나치
게 뚜렷하게 느껴졌다. 말을 실제로 본 적이 있었나, 떠
올려봤지만 기억이 나질 않았다. 움직일 때마다 찰랑
거리는 갈기며, 우람한 가슴근육이며, 허연 입김이 새
어 나오는 콧구멍을 본 적이 있었던가. 아직도 말을 타
는 사람이 있나. 왜 말이 여기서 저러고 있나. 조수는 생
각을 중단하고 말에게 다가갔다. 말에 올라타기 위해서.
조수는 수치를 기록하는 사람이다. 수치를 기록하고 수
치에서 벗어나기 위해 안간힘을 쓰는 사람이다.

　— 말이 우리 머리 위에서 날뛰는 것 같았어요.
　— 비가 내리고 먼지가 가라앉았어요.
　— 마르코가 기차역에 도착했다면 곧바로 기차를 탈
수 있었을까.

— 오염된 곳과 오염되지 않은 곳의 기준은 무엇일까
요.

— 장비는 어느 곳에서나 작동돼요. 다른 사람의 꿈
속에서도.

— 자연적인 기계.

— 기계적인 자연.

— 숲의 공터에는 가지 말아요.

— 그곳에는 낙엽도 없어요.

— 매일 아침을 여관에서 일어난다고 생각해봐요.

나는 조수의 이야기를 듣다가 잠에 들었고, 난데없
는 꿈이 시작됐다. 말을 타고 집으로 가는 중이었다. 술
을 많이 마신 탓에 머리가 아팠다. 나는 되도록 빨리 집
에 가고 싶었다. 침대에 누워 세상 모르게 자는 것만이
최선의 바람이었다. 말은 자꾸 느려졌다. 옆구리를 발로
차도 반응이 없었고 속도가 빨라지지 않았다. 쉬고 싶은
눈치였다. 말에서 내려 강변을 향했다. 강바람이 세게
불었다. 낙엽이 말과 나에게 날아왔다. 말을 세워 풀을
먹였다. 시커먼 강물이 일정한 높낮이로 출렁였다.

머리가 맑아졌다. 집이 너무 멀게 느껴졌다. 왔던 길

을 세 번 정도 왕복할 만큼 가야 집 근처였다. 멀리 강 건너를 바라봤다. 눈에 힘이 풀렸다. 그러다 눈을 의심했다.

물살에 뭔가가 떠내려오고 있었다. 잘못 본 줄 알았으나 그것은 물에 팅팅 부어 멀리서도 형체가 확연했다. 사람이었다. 이 야밤에 시체라니. 그것도 강물에 떠내려가는 시체라니 등골이 오싹했다. 잠깐 세워둔 말은 달아났는지 보이지 않았다. 몸이 떨렸다. 갈대들이 잎을 부대끼며 스슥스슥 소리를 냈다. 시체는 물살에 밀려 내가 있는 곳과 가까워졌다.

시체는 깨끗하다는 표현 이외에 다른 말이 떠오르지 않았다. 강물에 깨끗이 씻긴 것 같았다. 물에 불었을 뿐 흉측하지는 않았다. 앞쪽이 물에 잠겨 얼굴의 선체적인 형태가 보이지 않았다. 나는 그것을 시체라고 가늠만 했지 실제로 마주하자 다리에 힘이 풀리는 것 같았다. 힘에 부쳤으나 홀린 듯 시체를 둑에 올렸다. 그러곤 구덩이를 파야겠다고 생각했다. 말이 있었더라면 시체를 옮기기 훨씬 수월했을 텐데 아쉬웠다.

땀이 쏟아졌다. 강 옆에 자리한 구릉지로 시체를 옮겼다. 낮은 풀이 바지 밑단에 스쳤다. 벌러덩 드러누워 숨을 골랐다. 시체와 나란히 누웠다. 하늘은 점점 어두워졌다. 비가 내리길 바랐다. 비가 내리면 몸을 식히고 땅파기도 수월할 텐데. 등에 닿는 땅이 너무 푸석했다. 일어나 뾰족한 돌을 주웠다. 뭔가를 찾는 것처럼 땅을 팠다. 파고 또 파도 끝이 없구나 생각할 때쯤 뭔가가 툭, 하고 걸렸다. 허리 높이 정도 팠을 때였다. 모래를 손으로 쓸어봤다. 놀라 뒤로 나자빠졌다. 다른 시체가 보였다. 왜 자꾸 시체가 나타나는 건지 알 수 없었다. 앙상한 뼈에 붙은 살점이 곧 떨어질 것 같았다. 왼손 네 번째 손가락에 반지가 홀로 빛나고 있었다. 냄새가 고약했다. 방금 나온 시체와 구덩이 옆 시체를 번갈아 봤다. 그간 팠던 구덩이를 다시 흙으로 메웠다. 번거롭지만 다른 구덩이를 파야 했다.

저희 경찰서가 자랑하는 최고의 부서입니다. 다른 서에는 기동대가 있는데, 어차피 기동대라고 해도 워낙에 기동력이 부족하니까요. 말은 조금만 교육을 시키면 제 몫을 아주 톡톡히 치릅니다. 유지비도 적게 들죠. 요새는 자고 일어나기만 하면 기름값이 오르지 않습니까? 마구간은 건물 뒤에 만들면 되는 일입니다. 풀만 주면

돼서 끼니 걱정도 없죠. 저희 경찰서는 기병대 딕분에 다른 지역 경찰들보다 사건 현장에 빠르게 도착할 수 있습니다. 차로 꽉 막힌 도로에서도 말들은 요리조리 잽싸게 달리죠. 갑자기 긴급 데모 같은 사건이 터져도 걱정 없습니다. 재빠르게 현장에 가서 말들이 떡하니 전열을 갖추면 모두 멈칫하니까요. 시각적으로도 위협을 줄 수 있습니다. 처음 만들었을 때에는 말똥이니 뭐니 해서 조롱받기 일쑤였는데, 지금 보십시오. 연일 도시로 출동을 나가지 않습니까.

　그 일이요? 별일 아닙니다. 종종 있는 일이긴 한데. 그냥 당신만 알고 있어요. 그런데 작업장을 운영하는 사람이 이런 건 왜 궁금한 겁니까? 이틀 전이었나요. 아침에 보고를 받는데 기병대에서 말 한 마리가 없어졌다고 보고를 받았습니다. 연이어 세도 자꾸 수가 안 맞는다는 거였죠. 근무를 교대하던 마부가 처음 상황을 알았고, 바로 저한테까지 보고가 들어왔습니다. 새벽에 근무를 섰던 마부는 지금 조사를 받고 있어요. 모르긴 몰라도 감봉 정도로 끝나진 않을 것 같습니다.

　어쨌든 병력을 총동원해서 수색을 했습니다. 일부러 담을 높게 지었는데, 새벽 사이에 그 담을 넘지는 않았을 거고. 이상한 일이었죠. 기병대 말 중에서 제일 어린 놈이었다고 합니다. 아니 근데, 사방팔방 다 뒤져도 이 놈의 말이 보이지가 않는 거예요. 전문가까지 동원해서 수색했는데 글쎄 말똥은커녕 털 한 올도 찾지 못했습니다. 상부까지 보고가 들어가서 아주 난리가 났죠. 배고 프면 돌아오지 않을까 해서 부러 문을 열어놨는데도 오 질 않더란 말입니다. 도저히 찾을 수가 없었어요. 그래 서 우리는 거짓말을 하기로 했습니다. 없는 사건을 하나 만드는, 뭐 그런 거였죠. 경찰서를 빠져나간 말이 여기 저기 돌아다니다가 강에 빠져 죽었다, 수색 끝에 강물에 떠내려오는 말을 발견했고, 거기서 끝입니다. 몰래 다른 마을 목장에 연락해서 말 시체를 한 마리 구해 왔죠. 결 국 일은 그렇게 마무리됐습니다. 근데 아직도 궁금합니 다. 도대체 말이 어디로 간 건지. 제 생각인데, 아마도 누 가 잡아다가 먹거나 키우지 않을까 합니다. 그니까 보 이질 않는 거겠죠. 안 그렇습니까? 키운다고 해도 길들 이는 일이 여간 쉬운 일이 아닐 겁니다. 아니면 혼자 돌 아다니는 중일까요? 사람이 없는 곳에서 살아가는 걸까 요? 혹시 보신다면 제게 말해줄 수 있습니까?

별안간 단전을 알리는 안내방송이 거리에 울려 퍼졌다. 사람들은 가던 길을 멈추고 하늘을 바라봤다. 송전탑 하나가 벼락에 맞아 쓰러졌다고 했다. 방송하는 사람은 피곤한 말투로 다른 소식들도 전했다. 나는 작업장에 초가 있는지 떠올려봤다. 창고 서랍장 어디에 뒀던 것 같은데 기억이 나질 않았다. 방송이 끝나고 인파는 다시 제 갈 길을 갔다. 송전탑이 쓰러지면 어떤 모습일지 상상해봤으나, 한 번도 본 적이 없어 떠오르지 않았다. 그저 소리만 크게 났을 것 같았다. 고철을 팔기 위해 모여든 작업자들과 송전탑을 설계하고 설치한 공무원들, 근처에서 송전탑의 상태를 점검하던 관리자들, 경비원들, 근방 주민들, 송전탑과 관련 없는 사람들이 모여 송전탑에 대해 말을 주고받지 않을까, 상상했다.

이봐요, 진짜라니까 그러네. 내가 뭐가 아쉬워서 거짓말을 하겠어요. 아니, 내 말은 그게 아니라, 지금 당신이 자꾸 되물으니까 그러죠. 알았어요, 알았어. 다시 차근차근 말해볼게요.

그날따라 다들 송전탑으로 구경을 간다고 해서 나도 가게 문 닫고 가볼 생각이었어요. 막판에 양초 한 상자

팔고 오늘은 글러 먹었구나, 해서 셔터를 내리는데, 글쎄, 도로에서 말 울음소리가 들리는 거예요. 처음엔 잘 못 들었구나 싶었죠. 근데 소리가 자꾸 커졌어요. 느낌이 이상해서 가만히 서 있는데, 어째 돼지 멱따는 소리처럼 들리더라고요. 비명 같다고 해야 하나. 지나가는 사람이라도 있으면 물어보려고 했더니, 마침 또 아무도 없더라고요. 겁은 나는데, 또 궁금하기도 하고, 가서 확인을 해봐야 하나 어째야 하나 고민하고 있었죠. 원래 내가 겁이 많았는데, 어릴 때 산에 한번 갔다가 길 잃고 밤을 꼴딱 새고 나온 적이 있거든요. 그 뒤론 겁이 없어져서 웬만한 일 가지고는 눈 하나 깜빡 안 해요. 그래서 슬금슬금 소리가 나는 쪽으로 가봤죠. 안 들키게 눈으로 보기만 해야겠다, 했는데 갑자기 소리가 뚝 하고 끊긴 거예요. 울음소리가 이제 안 들리더라고요. 역시 잘 못 들었나 싶어서 돌아가려는데, 그때 저쪽에서 누가 걸어 나왔어요. 경비원이요. 손에 망치를 들고. 평소에 쳐다보는 눈이 마음에 안 들어서 말도 잘 안 섞는 편이라 친하지는 않아요. 그냥 느낌이 싫었다고요. 사람 대하는 느낌이. 아무튼 망치를 들고 이쪽으로 오는데, 글쎄, 뭐가 망치에서 뚝뚝 떨어지는 거예요. 어두워서 잘 보이진 않았어요. 괜히 전화받는 척을 하면서 그냥 서 있었죠. 그 사람이 지나가고 다시 가보니까 세상에, 피가 떨어져 있더라고요. 새빨간 피가. 내가 그 사람을 평소에 싫어 해서 꾸며낸 말이 아니라 진짜예요. 진짜 피가 있었다니 까요.

　그는 자신이 전근을 갈 거라곤 꿈에도 생각하지 못했 다. 기병대 1기 마부인 내가 좌천을 당하다니. 그는 생 각할수록 그 사실이 도저히 믿기지 않았다. 전근을 통보 받은 날, 동기 몇이 찾아왔다. 그는 마스크와 방진복을 챙겨 일할 자신을 생각하자 울화통이 치밀었다. 도망간 말이 눈앞에 나타난다면 당장에 때려죽이고 싶었다. 연 거푸 술잔을 들었다. 밤이 깊어 갈수록 동기들은 한 명 씩 자리에서 일어났다.

　월급은 석 달 치가 감봉됐다. 돈 들어갈 곳이 한두 군 데가 아닌데 벌써부터 머리가 아팠다. 마지막으로 남은 동기에게 나가서 한잔하자고 권했으나 손사래를 쳤다. 오전 근무라 아침 일찍 말들에게 풀을 먹여야 한다고 했다.

　손님이라곤 그 혼자였고, 주인은 알아서 그가 자주

줬던 술을 가져왔다. 그는 병째 술을 들이켰다. 주인이
머뭇거리며 말을 걸었다.

혹시 그 일 알아요?

그는 입가에 묻은 술을 닦으며 무슨 일을 말하는 거
냐고 물었다. 주인은 엊그제 강변에서 시체가 발견돼 동
네가 떠들썩했는데 그것도 모르냐며 핀잔을 줬다. 그게
호들갑을 떨 일인가. 그는 속으로 생각했다. 도대체 경
찰들은 뭐 하고 다니는 건지 모르겠다, 동네 무서워서
마음 편히 장사도 못 하겠다, 주인은 계속 혼잣말을 했
다. 이제 자신의 관할이 아니기 때문에 그는 모른 체했
다. 아마도 신고가 들어온 시간 기병대가 출동했으리라.
그는 출동 명령이 떨어지기 전, 말에 직접 안장을 올리
고 말의 콧등을 쓰다듬던 옛날을 떠올렸다. 말들은 그럴
때마다 더운 콧김을 내뿜었다. 말굽의 상태를 살피고 기
병대 마크가 수놓아진 가리개를 이마에 씌우면, 그제야
기수들이 달려 나왔다. 말들은 달리기 위해 연이어 뒷발
로 땅을 두드렸다.

그는 여태 말을 타본 적이 단 한 번도 없었다. 기병대
근무를 오래 했으나 그것은 전혀 다른 일이었다. 심지어
기수 뒤에 타본 적도 없었다. 그는 말타기를 무서워했

다. 말을 키우면서 말을 믿지 못했다. 말을 타면 전해지는 근육의 출렁거림과 반복적으로 전달되는 몸의 반동을 꺼렸다. 말만 잘 키우면 됐다. 말과 거리를 뒀다. 가끔 낙마한 기수가 병원으로 호송됐다는 얘기를 들으면 그는 두려웠다. 그럴 때면 말은, 자신이 키우던 동물이 아닌 전혀 다른 동물로 다가왔다. 만지기도 낯설었다. 기수를 떨어뜨린 말이 오면 이 말이 그 말이 맞나 의심됐다. 그래도 말은 만져달라고 고개를 주억거렸다.

어쩌면 마부 일을 그만할 때도 된 듯싶었다. 술을 세 병이나 비웠다. 자리에서 일어나자 머리가 핑 돌았다. 그는 지폐를 잘못 셌다. 주인은 초과된 술값을 받고 아무 말도 하지 않았다.

그는 술을 깰 겸 집까지 걷기로 했다. 그러곤 강으로 향했다.

네가 말에서 떨어지는 것이 처음인 것은 알겠다만, 그래도 일을 관둔다고 한 건 성급했던 것 같다. 나는 지난달까지 세 번을 낙마했다. 처음에는 팔이 부러졌고 두 번째에는 앞니가, 세 번째에는 머리가 깨졌다. 말에서 떨어지는 그 공포감은 물론 나도 잘 알고, 그것은 어떤 추락과도 설명할 수 없는 공포감이다. 한 몸 같았던 말 위에서 떨어지는 것. 몸이 아픈 것보다 말에 대한 실망감이 더 큰 법이다.

어제 네가 탔던 말이 경찰서에서 도망쳤다. 기병대장은 나를 시켜 너를 찾아가 보라고 했다. 너는 사라진 말에 대해 단서가 될 만한 얘기를 하지 않았다. 너는 내가 사온 과일 바구니를 풀며 같이 먹자고만 했다. 다른 환자에게 빌린 과도로 사과를 깎았다. 과도를 든 네 손에서 투명한 사과즙이 흘렀다. 너는 그걸 잘도 핥아 먹었다.

너는 어려서부터 승마술을 익혔다고 들었다. 지역에서 꽤나 알아주는 기수였고 대회에 나가 상도 몇 번씩 탔다고, 너의 이력에 적혀 있었다. 너는 연습 때조차 말에서 떨어진 일이 없었을 것이다. 낙마에 대해 이해를 못 했을지도 모른다. 그래서 너는 말에 대한 이해가 부족했다. 너는 너의 말을 잘 돌보지 않았다. 근무 때 빼고는 전혀 얼굴을 마주하지 않았다. 네 말은 항상 혼자 있었다. 아니면 전임 마부가 옆에 붙어 털을 빗겨줬다.

적적할까 싶어 선물한 책을 읽었는지 어쨌는지, 침대 옆 책장에 꽂혀 있는 걸 봤다. 심심하지 않을까 해서 한 권 샀는데 역시 너는 읽지 않을 것 같았다. 내가 한 번

읽은 책이었다.

그 책은 우리 딸이 독후감 숙제로 읽어야 하는 책이었다. 나더러 대신 읽어달라고 딸은 부탁했다. 내가 읽고 얘기해주면 독후감은 자기가 쓰겠다고 했다. 책 읽을 시간이 없다고 했는데 막무가내였다. 아내는 도와주라고 말했다. 책을 읽으려고 첫 장을 넘겼는데 별안간 정전이 됐다. 아내와 딸이 놀라 거실로 나왔고 우리는 초를 찾았다. 책은 다음에 읽어야 할 것 같았다. 경비원이 곧 비상 발전기가 돌아갈 거라고 방송했다. 나는 그때 어두워진 병실에 있을 너를 떠올렸다. 병원은 정전이 되면 어떤 모습일지 궁금했다. 다음 날 찾아갔으나 너는 아무 말도 해주지 않았다.

너는 혼자 있고 싶다며 이불을 머리까지 끌어당겼다. 이불을 잡은 너의 손이 보였고, 왼손 새끼손가락에 끼워진 반지가 반짝였다.

나는 송전탑이 있는 산에 올랐다. 점검은 새벽 두 시와 세 시 사이에 해야 했다. 본사에서 지급받은 케이블을 어깨에 두르고 산에 올랐다. 계속 땀이 났다. 산을 오를수록 경사가 가팔랐다. 엉킨 나뭇가지들 사이로 밤하

늘이 보였다. 구름이 낀 것 같았다. 높은 곳에서 시내를
바라보자, 그것은 마치 빛으로 된 덩어리 같았다. 나는
계속 산을 올랐다. 빛이 나는 덩어리에서 멀어지고 싶은
것처럼 쉬지 않고 정상으로 향했다.

송전탑은 산 정상에 자리 잡고 있었다. 꼭대기에 단
피뢰침이 뾰족하게 하늘을 가리켰다. 짐을 풀어 바닥
에 내려놨다. 땀이 흥건한 윗옷을 벗었다. 생수통을 꺼
내 물을 마셨다. 무전기의 전원을 켜고 허리에 찼다. 송
전탑에 자주 올랐으나 매번 오를수록 처음처럼 느껴졌
다. 헬멧 전구에 불을 켰다. 발 앞에 웅덩이 같은 빛이
번졌다. 선임은 급한 일이 있다며 하루만 대신해달라
고 전화로 얘기했다. 입사 때부터 지금까지 벌써 네 번
째였다.

차근차근 올라갔다. 아래로는 발 디딜 곳을 확인하고
위로는 잡을 곳을 확인했다. 전선을 점검할 부분은 다행
히 얼마 높지 않았다. 한번은 어머니 가게 근처 전봇대
를 점검할 일이 있었다. 마침 내가 출장을 갔다. 가게 옆
이라 오가는 사람이 많았다. 그때 전선을 교체하다 감전
이 됐다. 전선 끝 피복을 너무 벗긴 것이 원인이었다. 전
압이 약했으나 정신을 잃어 그대로 아래로 떨어졌다. 놀

란 어머니가 서둘러 119를 불렀다. 전봇대가 높지 않아 크게 다치진 않았다. 전선에 조금만 손을 더 대고 있었다면 다시는 전봇대에 오르지 못했을 거라고 의사가 말했다. 어머니는 안심했다. 일을 관두고 가게 일을 도우라고 말씀하셨으나, 여태 그랬던 것처럼 못 들은 체했다. 어머니는 전기 검침원 같은 보직도 있는데 왜 그 일은 못 하냐고 물었다.

점검은 쉽게 끝이 났다. 교체할 부분이 마땅히 없었다. 전류 검사기를 허리에 꽂고 내려갈 준비를 했다. 숲에서 소리가 났다. 나뭇가지가 밟혀 뚝, 하고 부러지는 소리와 비슷했다. 내려가다 말고 소리 나는 쪽을 바라봤다. 풀이 흔들렸다. 말이 걸어 나오고 있었다. 머리를 좌우로 흔들면서 말 한 마리가 다가왔다. 나를 보곤 길게 울었다. 익숙한 곳에서 살아 있는 말을 보자 다른 세계처럼 느껴졌다. 매달려 있는 송전탑도 낯설었다. 눈을 비롯해 모든 걸 의심했다. 말은 별안간 송전탑에 달려들었다. 머리로 들이받았다. 부딪힐 때마다 갈기가 흔들렸다. 마치 송전탑을 넘어뜨리려는 것 같았다. 몸이 옆으로 기울어졌다.

옆으로 몸을 기운 이상한 자세로 잠에서 깨어났다. 언제 잠들었던 걸까. 조수 역시 소파에서 자고 있다. 분명 조수의 얘기를 잘 듣고 있었는데. 돌풍이 완전히 멎었는지 쨍한 햇빛이 테이블을 비추고 있다. 테이블의 절반을 차지한 술병들과 아무렇게나 뜯은 과자 봉지, 물기 빠진 과일들, 볼펜, 석유 랜턴, 리모컨과 장갑. 돌풍이 다녀가긴 한 걸까. 문을 열고 나가자 아무 일도 없던 것처럼 전부 그대로다.

조수에게 말이 등장하는 꿈을 꿨다고 하자, 자신도 꿈에서 비슷한 장면을 본 것 같다고 말했다.

팔콘을 도시에 데려가기로 했다. 수소문한 사람의 사무실은 도시 한복판에 있었고, 하는 수 없이 이런저런 준비를 서둘렀다. 도시는 성가신 곳이다. 도시로 들어가기 위해선, 도시로 가기 위한 이유보다 더 많은 것들을 준비해야 한다. 특히나 검문을 하는 자들은 대체로 거드름을 피우고 사람을 깔보기 때문에 화도 참아야 한다. 조수가 걱정이다. 가방에 몰래 스패너를 넣는 걸 보고 잔소리를 했다. 최대한 빈손으로 가야 한다. 팔콘을 품에 안고 차에 올랐다.

도시는 도시라는 이름으로 불릴 뿐 다른 지역보다 발
전했다거나 생활이 윤택한 것은 아니다. 매일 흘러나오
는 오수와 쓰레기 더미, 언제 만들었는지도 모를 이동
수단, 반파된 간판, 뭔가에 취해 있는 사람들, 길바닥을
뒤지는 개들과 날이 갈수록 굴곡이 심해지는 도로까지.
증식과 확장을 멈춘 도시는 점점 기능을 잃어가는 중이
다. 평원을 지나 산맥을 넘어가면 도착하는 분지에 조성
되어 있다.

조수는 운전에만 집중할 뿐 별다른 말은 하지 않는
다. 아무래도 간밤에 너무 많은 말을 지껄인 것 같다고
후회하는 중일까. 뒷좌석에서 팔콘이 코를 고는 중이다.
간간이 흘러나오는 콧물이 시트를 적시고 있다. 검문소
가 많이 설치된 길로 가야 시간을 덜 허비할 텐데. 조수
는 앞만 보고 있다. 도시와 가까워지자 차가 점점 많아
진다. 눈 깜짝할 새에 정체가 시작된다. 나는 졸지 않기
위해 최대한 눈에 힘을 주고 있었지만 쏟아지는 잠을
떨쳐낼 수가 없다. 검문소 너머로 보이기 시작한 도시가
점점 흐려지고 있다.

오래전 의식만 남은 채로 병원 침대에 누워 있었을 때, 나는 손가락 하나 까닥할 수 없는 상황에서 나의 의식보다는 나의 몸에 대해 생각했다. 계속 이렇게 지낸다면 나의 몸은 어떻게 되는 걸까, 의식만 남은 육체로 미래를 생각할 수 있을까, 남은 시간들을 멀쩡하게 보낼 수는 있을까, 걱정보다는 의문이 들었고 누워 있는 내내 답을 찾으려고 노력했다. 당연히 답이라는 게 있을 리 없었고, 누워 있는 게 고작이었지만, 나의 몸에 대해 고심했던 적은 그때가 유일하다. 감각이 돌아오고, 몸의 모든 기관과 장기들이 제 역할을 되찾았을 때, 나는 몸을 잃어버린 시간에 대해 감쪽같이 잊어버렸다. 그런 일이 없었던 것처럼. 몸은 그런 것이라고, 청진기를 가슴에 가져다 대며 의사는 말했다. 쉽게 기억하고 쉽게 망각하는 게 인간의 몸이라고. 나는 당시에는 그의 말을 흘려들었다.

그때 들었던 말을, 지금 내 앞에 앉은 사람이, 거의 비슷한 맥락으로 말하는 것을 듣고, 혹시 그때 나를 담당했던 의사인가 싶었는데, 자신은 의사가 아니라고 소개했고, 생김새가 약간은 닮은 것 같아 이것저것 물어보려다 그만뒀다. 그보다는 팔콘에 대한 진단과 향후 회복 방법에 대해 물었는데, 자신을 기술자라고 소개한 그가, 누가 봐도 거친 손길로 팔콘을 만지는 것을 보고 화가 난 조수를 밖으로 끄집어내느라, 제대로 된 대답도 듣지 못한 채 밖에서 서성였다.

여러모로 수상한 사무실이었다. 처음 보는 공구들이 벽에 걸려 있고 상장이 담긴 액자나 상패 같은 것들이 벽 하나를 전부 채우고 있었다. 자신을 과시하는 사람은 믿지 않는다고 조수는 씩씩거리면서 말했다.

과시가 아니라 결과가 아닐까?

그게 그거예요.

식사를 하기 위해 시내로 나가기로 했다. 주차장으로 가는 계단에서, 어깨를 마주친 사람에게 사과했다. 그는 은색 점프 슈트를 입고 서둘러 어딘가로 뛰어가고 있었다.

우리는 그를 쫓아갔다. 이유는 모르겠다. 왠지 그래야 할 것 같았다. 그가 도착한 곳은 우리가 처음으로 의뢰를 받아 찾아간 곳이었다. 침실에서 뭔가가 자란다고 철거해달라던 그 집. 은색 점프 슈트를 입은 자는 집 근처에 차를 세우고 초인종을 눌렀다. 문을 열어준 사람도 같은 옷을 입고 있었고 주위를 경계하는 눈빛이었다. 우리는 담벼락 뒤에 숨어서 그들을 바라봤다. 굳이 숨을 필요까지 있을까 싶어 아무렇지 않게 집을 향해 걸어갔다. 다른 차들이 집을 포위하듯 주차되어 있었고, 안에서 무슨 일을 벌이는 건지 창문으로 파란 불빛이 옅어졌다가 진해지기를 반복했다. 조수는 제자리에 멈춰 저 불빛을 예전에도 봤다고 소곤거렸다.

우리는 집 앞으로 가서 안을 기웃거렸다. 나오는 사람이 있다면 무슨 일을 하는 중인지 묻고 싶었지만 삼십 분이 넘도록 오가는 사람이 없었다. 조수에게 문을 두드리라고 시키자 곧장 두드려 조금 놀랐다. 몇 번을 두드렸지만 아무도 나오지 않았다. 손잡이를 돌리자 곧바로 문이 열렸다. 우리는 잠시 서로를 바라보다가 누가 먼저랄 것도 없이 안으로 들어갔다.

침대가 있다. 침대 옆에 굴이 있고 굴을 드나든 흔적이 있다. 모래가 굴 옆에 쌓여 있다. 굴은 이제 막 만들어진 것처럼 매끄럽다. 하얀 연기가 새어 나오고 있다. 허벅지만 한 넓이다. 들어갈 수가 없다. 나는 아무것도 하지 않는다. 한기가 도는 방바닥에 누워 있다. 창문 너머로 주차해놓은 자동차의 타이어가 보인다. 누워 있다. 시간을 멀리하자 방은 완벽해 보인다. 사람들이 벽에서 벽으로 지나간다. 벽이 세워진 이전으로, 벽을 세운 이후로 드나든다. 굴은 자라는 중이다. 넓어지는 중이다. 의자가 있다. 테이블이 있다. 그림이 걸려 있다. 옷걸이가 있다. 은색 점프 슈트와 방진복이 걸려 있다. 마스크가 방바닥에 떨어져 있다. 나는 마스크를 주워 귀에 걸어보지만 치수가 맞질 않는다. 수치가 맞질 않는다. 조수는 수치를 기록하는 사람이다. 장비가 보이질 않는다. 모로 돌아, 다른 방향으로 누운 사람을 바라본다. 등이 보인다. 삐쩍 말라 척추의 모양을 그대로 드러낸 등이 뭔가를 말하고 있다. 그 옆에 누운 사람을 본다. 배가 홀쭉하다. 그 옆에 누운 사람을 본다. 귀가 움직인다. 뒷사람을 본다. 아무것도 하지 않는다. 사람들이 알몸인 상태로 바닥에 누워 있다. 조수는 천장에 매달려서 누운 사람들을 바라본다. 가방에서 스패너를 꺼내 허공에 휘두르고 있다. 굴이 좁아지고 있다. 파란 빛이 진해졌다가 옅어지고 있다. 초인종이 울린다. 개가 두 발로 서서 들어온다. 말이 두 발로 서서 들어온다. 움직일 때마다 기름이 떨어진다. 기름 냄새가 고약해 누워 있는 사람들 모두 인상을 찌푸린다. 개와 말이 차례대로 누운 사람들에게 발길질을 한다. 아프다고 상상한다. 아프지 않다. 감각이 돌아오고 있다. 조수는 천장에서 내려와 개와 말을 쫓아낸다. 굴을 쫓아낸다. 굴에서 연기가 새어 나오고 있다.

기술자는 어디 갔다가 이제 왔냐며 혼잣말로 투덜거렸다. 팔콘의 다리에는 새로운 의족이 맞춰졌고 어색한지 제자리를 빙빙 돌고 있었다. 꼬리마저 길어져 있다. 금빛으로 반짝이는 꼬리를 만져보려 손을 내밀었지만, 꼬리에 손등을 찰싹 맞을 뿐 가까이 가지 못했다.

24개 마디로 이루어진 제품입니다. 예전만큼 빠르게 움직이진 못해요. 꼬리는 돈을 받지 않겠습니다.

꼬리는 바닥에 늘어졌다가, 돌돌 말렸다가, 항문을 감쌌다. 팔콘의 의지대로 자유롭게 움직일 수 있는 것 같았다. 걱정되는 것은 다리였는데, 예전보다 훨씬 두꺼웠고 단단해 보여서 제어를 할 수 있는 일에 들이는 기간이 길어질까 하는 것이었다. 팔콘은 자신의 몸에 큰 변화가 생겼다는 걸 알아차린 건지 자주 고개를 내려 이

리저리 둘러봤다.

처음 봤죠?

나는 고개를 끄덕였다.

당연히 그렇겠죠. 처음 연결해본 건데.

내가 만든 의족은 쓰레기통에 들어가 있었다. 조수는 쭈그리고 앉아 팔콘을 살펴봤고 나는 서둘러서 기술자에게 돈을 지불했다. 그는 긴 머리를 정수리로 말아 올리며 말했다.

교체할 일은 없을 거예요. 주기적으로 연결 부위에 윤활유만 칠해줘요.

기술자는 우리와 대화를 나누고 싶다고 말했다. 누군가가 사무실로 들어와 팔콘을 데리고 나갔고, 나와 조수는 기술자가 권한 의자에 앉았다.

멀리서 오셨다고 들었어요.

그리 멀지도 않습니다.

검문소에서 여기로 전화가 왔거든요.

왜죠?

저야 모르죠.

무슨 말을 했습니까?

수상하다고요.

수상하지 않은 사람도 있습니까?

조심하라고요.

수상하고 조심할 사람은 보통 검문소에서 걸러내지 않나요?

도움이 필요했나 보죠.

도움은 저희가 필요했습니다. 그러니까 여기로 왔죠.

당신 작업장에 간 적이 있어요.

고개를 들어 기술자를 바라봤다. 처음 보는 얼굴이었다. 다녀간 사람들에 대해서는 조수가 전부 기억하고 있는데 슬쩍 보니 전혀 모르는 눈치였다. 나는 기술자가 거짓말을 하고 있다고 생각했다.

정말이에요. 일을 의뢰하러 갔었어요.

그래서요?

해결해줬어요. 그러니까 지금 여기에 있죠.

제가요?

기술 박물관에 와달라고 했거든요.

나는 잠깐 어안이 벙벙해졌다. 그러자 조수가 옆에서 대신 말을 했다.

안 간 걸로 아는데요?

구경은 했나요? 당신이 일했던 곳이잖아요.

제가 일했던 곳은 다른 도시에 있습니다.

갑자기 전화가 울렸고 기술자는 급하게 자리에서 일어났다. 통화가 끝날 때까지 기다리려고 했으나 도무지 끝날 기미가 보이지 않았다. 어쩔 수 없이 통화 소리가 들렸는데, 저녁은 어디 가게에서 먹을까, 휠을 바꿀까, 사무실을 정리하고 다른 일을 할까, 손님을 받지 않을까 등 지속한다면 끝도 없이 늘어질 수 있는 대화 같았다. 이제 나가보라는 신호처럼 느껴졌다. 몸을 일으키자 그제야 한쪽 손으로 전화기를 막으며 곧 작업장으로 찾아가겠다고 말했다.

가는 길에 술집에 들렀다. 누군가가 술에 취해 마이크에 대고 말하고 있었다.

… 명령을 듣고 솔직히 겁이 났습니다. 귀를 의심했죠. 정말인가. 정말 버튼을 누르라는 건가. 그럼 안 되지만, 저는 되물었습니다. 무전을 다시 보냈죠. 얼마간 조용했습니다. 그 짧은 순간이 정말 길게 느껴졌어요. 아래를 내려다봤습니다. 해상을 지나면 바로 육지가 보이는 지점이었어요. 조종간에서 잠시 손을 뗐다가 다시 잡았습니다. 장갑 안에 땀이 차고 있었습니다. 육지기도

일었지만 참았습니다. 전에 과음한 상태로 조종석에 올랐다가 그대로 산소마스크에 토를 했거든요. 나중에 사출반 녀석들이 흘겨보더군요. 전시라는 건 간혹 좋은 구실이 됩니다. 그만한 구실이 없죠.

도시를 향해 날아가던 중이었습니다. 도시를 없애기 위해서요. 정해진 지점에 폭탄을 낙하시키면 되는 일이었습니다. 도시는 속히 사라지길 기다리는 것처럼 보였습니다. 어서 폭탄을 떨어트려라, 품으로. 버튼은 동그랗고 귀엽습니다. 엄지손톱보다 작아요. 정말 쉬운 일입니다. 꾹 눌렀다가 다시 떼면 되는 일이에요. 하지만 어쩐 일인지 손가락이 움직이질 않는 겁니다. 지금은 이렇게나 마이크를 잘 잡고 있지 않습니까? 그대로 전역을 했습니다. 그때 명령을 들었다면 여긴 사라졌을 거라는 말입니다. 그러니까 내가 여기를 살린 거라고요. 그런데도 나한테 이렇게 대우는 안 해주고 내가 어떤…

조수와 팔콘과 나란히 앉아 TV를 봤다. 시리얼과 사료를 테이블에 올려두고. 동굴에 사는 사람이 나오는 다큐멘터리가 이제 막 시작되고 있었다. 설명하자면,

주인공은 동굴에 산다. 어떤 비유적인 표현이나 빗댄

말이 아닌 단어 그대로의 동굴, 동굴에 살고 있다. 동굴 전체가 그의 집은 아니다. 동굴은 넓다. 아무리 돌아다녀도 전체가 가늠되질 않는다. 통행금지 선이 그어진 곳 너머로는 시도도 하지 않았다. 그가 먹고 자는 곳은 매우 한정적인데 통행로의 중간쯤 되는 것 같다. 아직 그 누구도 만난 적은 없지만, 그는 예감한다. 누군가를 만날 것 같다. 이곳에 사는 사람을.

처음 이곳에 왔을 때보다 키가 한 뼘이나 자랐다. 관리인은 그를 볼 때마다 손대중으로 자신과 가늠한다. 관리인을 내려다본 지 꽤 됐는데도 말이다. 관리인은 자주 고맙다고 말한다.

오늘도 고맙네. 별일 없는 거 알지만.

그러곤 갈 길을 간다. 어디로 가는지 그는 물어본 적이 없다.

눈을 뜨면, 울퉁불퉁한 어둠이 보인다. 손전등으로 비춰도 빛이 닿는 곳은 한정적이다. 어둠을 가로질러 천장 끝에 닿지 못한다. 그는 누운 채로 손잡이만 까닥까닥 움직인다. 한 번이라도 동굴이 밝아졌으면 좋겠다, 이런 생각을 하며 어둠을 밀어낸다.

관리인은 그들을 관광객이라고 불렀다.

돈을 내고 여길 오니까. 돈을 낸다고.

그는 그들이 다녀간 뒤에 방에서 나온다. 방이라고 하니까 이상한 기분이 든다고 그는 생각한다. 동굴 속의 동굴이라고 해야 할까. 통행로에선 그가 있는 곳이 보이지 않는다. 침구류와 간단한 식기, 앉은뱅이책상, 그 위에 펜과 노트 정도가 있다. 위쪽이 뻥 뚫리고, 돌로 지어진 울타리. 입구는 기어서 드나들 정도로 좁다.

동굴은 이제 막 잠에 든 공룡의 배 속 같다. 이따금씩 멀리서 들려오는 바람 소리는 마치 쌔근대는 숨처럼 들린다. 관광객이 모두 빠져나간 후에야 그는 움직인다. 동굴을 달래듯이 동굴을 살핀다. 관리인들 중 일부는 그에게 처음 이 일을 맡길 때 의심스러운 눈초리로 바라봤지만, 별다른 방법은 없어 보였다. 그래야 몸이 편하고, 퇴근을 할 수 있고, 사적인 시간을 가질 수 있고, 하루를 정리한 뒤, 잠에 들 수 있을 테니까.

야간 순찰이라고 했지만 사실 낮인지 밤인지는 알 수 없다. 동굴은 끊임없이 어둡다. 태양이 기준이라면 동굴은 어느 쪽에도 속하지 않는다. 규칙적으로 설치된 조명과 야광등만이 동굴에서 조악한 빛을 만들고 있다. 그는 자신의 그림자의 크기가 변하는 모습을 바라보며 걷는다.

관광객, 그들은 어떤 사람들일까.

어렴풋하게 그들의 행렬을 본 것 같다고 그는 떠올린다. 잠에 취한 채로 방을 벗어나 통행로를 바라봤는데 그들은 일정한 거리를 유지한 채 각자가 바라보고 싶은 곳으로 고개를 돌렸다. 꿈이었나 싶을 정도로 기억이 까마득하다고 느낀다. 하지만 관광객들이 오갈 때 그가 잠에서 깨는 법은 없다. 그것이 그와 관리인 사이의 규칙이다. 그는 일어나지 않는다. 의식을 억지로 끈다. 습관처럼 해오던 일이다. 그에게는 오히려 나은 일이다.

통행로의 초입을 따라 쭉 걸으면 좌우 벽에 걸린 액자들이 먼저 보인다. 액자는 이 동굴의 발견 당시부터 발전 과정, 유명 인사의 방문, 국제적 행사 당시의 사진들을 담고 있는데 크기가 너무 큰 탓에 부담스럽다. 게다가 벽이 기울어져 있어 액자를 보려면 몸을 뒤로 젖혀야 하는 수고도 겪어야 한다. 그는 사람들이 벽 가까이에서 전부 몸을 젖힌 상상을 한다. 액자가 없는 편이 더 나을 것 같다고 생각한다. 종종 바닥에 떨어진 액자를 발견하기도 한다. 관리인은 말했다.

깃발 같은 거야.

액자들은 잘 꽂혀 있다. 떨어지지 않기 위해 안간힘을 쓰는 것처럼 보인다. 그는 액자들을 뒤로하고 계속 걷는다. 둘러볼 곳이 너무 많다고 느낀다.

정말 동굴에 사는 사람일까? 연출 아냐? 조수는 대답하지 않았다. 조금씩 고개가 떨어지는 걸 보니 조는 것 같았다. 그나저나 TV는 왜 한 번도 고장이 나지 않는지 궁금했다. 자주 끊기기는 하지만 아예 망가지지는 않았다.

그는 꿈에서 기계들을 바라봤다. 기적을 생각하는 날들이 수차례 지나간 것 같다. 어떤 흔적 같은 것을 느끼고 있다. 무엇이었을까. 여길 나가길 바랐을까. 어떤 기적을 생각했을까. 그는 떠올리지 못하지만 안도감을 느낀다.

어디선가 물이 뚝뚝 떨어진다. 동굴에서는 작은 소리마저 길게 들린다. 돌고 도는 소리는 내벽에 부딪혀 사라진다. 소리가 사라진 자리에는 익숙한 정적이 들어선다. 물방울이 떨어지고, 멈추고, 다시 떨어지고. 그사이를 그는 걷는 중이다. 손전등을 발 바로 앞까지만 비춘다. 철로 만들어진 계단을 어느 정도 오르면 큰 공터가 나타난다. 관광객들을 위한 행사는 주로 공터에서 개최된다. 무용단이나 서커스단, 오페라 가수, 음악회 같은 행사가 진행된 걸로 알고 있다. 그는 실제로 보지 않았다. 모두 빠져나간 공터에 간혹 전단지가 떨어져 있었다. 비슷한 행사를 주기에 맞춰 반복적으로 하는 것 같았다. 일종의 레퍼토리처럼.

공터에는 바람이 불지 않는다. 신기한 일이다. 그는 손가락에 침을 묻혀 세운다. 뭔가가 느껴지지 않는다. 무대 쪽으로 걸어가 손전등을 비춰본다. 먼지가 수북하다.

처음 무대에 올랐던 날, 먼지 한 톨 없이 무대가 매끄러웠다. 몇몇 관리인이 멀뚱히 서서 그를 바라봤다. 뭐라도 해보라고 했는데, 그는 그저 가만히, 그들의 정수리를 내려다봤다. 누런 천을 망토처럼 두르고 있었다. 국가의 무슨 기념일이라 아무도 오지 않으니까, 하고 싶은 걸 해보라고, 그렇게 말했지만, 사실 그는 하고 싶은 것도, 보여주고 싶은 것도 없었다. 그들은 실망한 눈치였다. 그는 할 수만 있다면 더 실망감을 주고 싶었다. 무대 조명이 빠르게 바뀌었다. 스모그가 서서히 뿌려졌고 무대가 스스로 움직였다.

　공터의 순찰은 대개 무대에 걸쳐 앉아 주위를 두리번 거리면 끝나는 일이다. 바닥에서 천장까지 커다란 구의 모양으로 형성된 공터는 다른 곳과 냄새가 다르다. 항상 맡는, 물기가 눅눅히 밴 냄새가 아니다. 그래서인지 그 는 호흡을 거칠게 내쉰다. 엉덩이를 털고 일어나 공터를 벗어난다. 인공조명이 거의 없다. 석고 자체에서 발산하 는 자연적이고 옅은 빛이 희미하게 통행로에 펼쳐진다. 종유석과 석순이 많이 보이고 길이 좁아졌다가 넓어진 다. 관리인에게 듣기로는 예전에 용암이 드나들었던 곳 이라고 하는데 그래서인지 내벽의 결이 물길처럼 느껴 진다. 그는 항상 그 결을 바라보며 걷는다.

　걷고, 또 걷고, 동굴에 있다는 사실과 흘러가는 시간 도 잊은 채, 계속 걷다 보면, 익숙해진다고 그는 생각한 다. 통행금지라고 적힌 팻말까지가 그의 순찰 경로다. 이제 더 이상 할 일이 없다. 그는 팻말 앞에 앉아 철로 된 사슬 너머 어둠을 바라보며 시간을 보낸다. 관리인 이 말하길 그쪽은 아직 탐사되지 않았거나 무용한 곳이 라고 했다. 당연히, 그는 믿지 않는다. 꽤 오래 생각했다. 별다른 준비는 하지 않았고 그저 마음만 먹으면 될 일이었다.

그는 이제 사슬을 넘을 생각이다. 그들이 출근하기 전까지만 돌아오면 된다. 위험하단 생각도, 어떤 공포도, 설렘도, 막연한 기대감도 없다. 사슬 너머에서 바람이 불어온다. 땀이 식는다.

그는 반복적인 기억에 사로잡혀 있다. 기차를 타고 어디론가 가고 있었다. 바깥 풍경을 구경하기 위해 객실을 나와 문 옆에 서 있는데, 돌풍으로 집들이 날아가고 있었다. 돌풍은 순식간에 마을 하나를 먼지와 재와 쓰레기로 만들었다. 어두웠고 안개가 점점 번져가는 중이었다. 기차가 어디에서 어디로 가던 중이었는지, 혼자였는지 동행이 있었는지는 그는 기억나지 않는다. 그저 기차 좌석에서 창밖을 바라보거나 잠에 들었던 기억만 생생하다. 적어도 하루에 한 번씩은 같은 기억을 떠올린다. 가까운 날의 일이었던 것처럼.

그는 이제 사슬을 넘어간다.

다큐멘터리가 끝날 즈음, 조수와 팔콘은 아예 드러눕고 코를 골았다.

나는 밖으로 나가 기지개를 켰다. 밤하늘 사이로 몇

개의 위성이 은빛으로 반짝였다.

한동안 사람들이 오지 않았다. 작업장을 둘러보기 위해 옷을 챙겨 입었다. 자전거를 탈까 하다가 걷기로 했다.

타이어가 잔뜩 쌓인 곳을 지날 때는 고무 냄새가 심하게 난다. 타이어들을 녹여 다른 용도로 뭔가를 만들어 볼까 했는데 시도에만 그쳤다. 연기를 너무 많이 마셔 하루 종일 누워 있기도 했다. 간혹 무기류도 보인다. 총구가 구부러진 윈체스터랄지, 길이가 3미터나 되는 칼과, 아이 몸집만 한 탱크. 컴퓨터 본체들도 줄을 맞춰 세워져 있다. 가림막이 없어 비가 오는 날이면 구정물이 웅덩이를 만들 정도로 줄줄 샌다. 조수가 사용하는 컨테이너는 한쪽이 찌그러져서 멀리서 보면 육각형으로 보인다. 왜 저런 곳을 고집하는지 알 수가 없다. 컨테이너마다 내용물이 다른데 아직 열어보지 않은 것들도 많다. 작업을 차일피일 미루는 것이 시간을 견디는 유일한 방법이다. 그렇게 믿고 있다. 트럭이 와서 고철을 사가는 경우도 많았는데 이젠 그마저도 뜸해졌다.

철로를 따라 걸었다. 잡초가 무성해 몇 번이나 넘어

질 뻔했다. 걷다 보니 꽤 멀리 와버렸다. 누군가가 말려 놓은 하얀 천들이 바람에 흔들리고 있었다. 개가 짖는 소리도 들렸다. 멀리 불빛들이 보였다. 사람들이 모여 일을 하고 있었다. 공사장 접근 금지라는 안내판이 보였다. 안전모를 쓴 사람들이 각자 할 일을 하는 중이었다. 거대한 기둥이 움직였다. 꼭대기가 구름에 가려 어디까지 끝인지 알 수 없었다. 사람들은 나를 바라보지 않았다. 말을 걸어보고 싶었지만 방해하는 것 같아 멀찍이 지켜봤다. 허허벌판에서 왜 이런 짓을 하는지 궁금했다. 조수를 데려와 함께 구경하고 싶었다. 그곳을 지나 다시 철로를 따라갔다. 가끔 진동을 느꼈지만 기차가 오진 않았다. 아주 먼 곳에서부터 오는 중일 거라고 생각했다.

피스톤.

톱니바퀴.

망원경과 공중을 떠다니는 원반형 물체들.

바퀴가 없는 수레.

수레를 끄는 말과 오토바이.

관람차.

진공관에서 헤엄치는 개구리.

카메라 셔터가 눌릴 때마다 수직 날개를 좌우로 흔드는 수송기. 조종사의 조종복. 선글라스와 목에 두른 머플러.

개를 사랑하는 도시인들.

어색한 TV 탑.

아크릴판으로 외형을 감싼 기차와 그 앞에서 라디오를 듣는 아이.

밀링으로 세공한 반지를 약혼자에게 건네주기 위해 철교를 건넌 사람은 꿈속에서 비가 내릴 거라는 암시를 느꼈지만 서서히 깎여나가는 몸짓으로 공중전화를 찾고.

몸을 파고드는 쇠의 느낌.

금속의 공간.

폐품을 해체하거나, 조립해서 넘겨주거나, 다른 기계물품과 교환하는 시간.

수치와 그래프.

나는 보이는 것에 열중했다.

폐선에서 벗어나 다른 곳으로 이사하고 싶었다.

나는 악착같이 뛴다. 주위에 있던 사람들이 놀라 나를 쫓는다. 병실 창문을 통해 누군가 나를 바라보고 있다. 담당의가 반대쪽에서 뛰어오ㄱ 있다. 환자복이 갑자스런 돌풍으로 가슴께까지 말려 올라간다. 아랑곳 않는다. 시계를 선물받았다.

혼자 죽거나, 둘이 죽거나, 심지어 몇백 명이 죽었다.

운항 일정이 끝난 해양에는 광출력이 강한 등화들이 각양각색으로 어둠을 밀어내고 있었다. 멀리서, 탕, 공포탄이 발사됐고 나는 그곳으로 갔다.

파편들이 많아졌다.

돛 없는 보트가 떠내려온다.

해변이 밀려온다.

수은이 없는 온도계.

구경꾼과 운동 상태.

다시 동굴에서 시작해야 한다.

나는 조수가 내게 준 장비를 분해하기 위해 갖은 노력을 했지만 결국은 열지 못했다.

방아쇠를 조립하는 순간 팔콘의 털갈이가 시작됐다.

열네 번째 위성.

우리는 로켓을 만들 수 있지 않을까 가끔 생각했다.

방 안에는 죽은 고래가 TV 화면처럼 떠다니고 있다.

전단지를 새로 만들었다.

먼 친척은 어디로 갔을까.

검문소에서 잠시 붙잡혔다. 직원은 밖으로 내리라고
말했고 옷을 수색한 뒤 트렁크를 열었다. 팔콘이 으르렁
대서 반가웠다. 조수는 무표정한 얼굴로 직원을 계속 바
라봤다. 뒤에서 다른 차들이 계속 경적을 울렸다. 시간
이 지체됐다. 햇볕이 뜨거워 얼굴을 가렸다. 땀은 나지
않았다. 다른 검문소 직원들이 밖으로 나와 우리를 바
라봤다. 운전자들도 창문을 내려 고개를 내밀었다. 모든
것이 정지된 기분이었다. 새것에 가까웠던 자동차가 낡
은 것으로 변하고 있었다. 은색 보닛에 금이 가고 바퀴
사이로 주황색 물이 흘러나왔다. 직원의 머리도 새하얗
게 변해가는 중이었다. 평원이 사라진 자리에 건물들이
채워지고, 산이 사라지고 있었다. 지평선이 멀어졌다.
구름이 몰려와 곧 돌풍이 불 것 같았다.
　갑자기 팔콘이 종아리를 물었다. 정신이 번쩍 들었다.
직원에게 신분증을 보여주고 다시 차에 올라탔다. 경적
소리가 줄어들었다. 시동을 걸고 출발했다. 조수는 여전
히 입을 다문 채 창밖을 바라봤다. 백미러로 검문소 직
원과 눈을 맞췄다. 아스팔트 열기가 시야를 어지럽혔다.

온갖 자동차들과 트럭, 오토바이, 버스가 지나갔다. 배가 고프다고 말했다. 아무도 듣지 않았다. 이대로 도착하지 않아도 좋을 것 같았다.

도시가 계속 생겨났다. 가보지 않아도 알 수 있었다. 그래서일까. 여전히.

사람들이 오지 않는다.

금속성 외전

—

　너는 나의 거인. 거인. 거인이 발을 뗄 때마다 바다는 갈라지고, 구멍이 생기고, 구멍의 허공을 향해 당신은 중얼거린다. 너는 나의 거인. 수평선을 가리면서, 해안가에 선 당신을 향해, 거인이 다가온다. 파도가 넘실댄다. 거인의 상체가 드러날 동안, 바다는 머뭇거리고, 그럴수록, 파도의 규모는 해안가의 면적을 추월한다. 파도가 높아진다. 당신은 직립으로 이동하는 거인의 모습을 본 적이 없다. 당신은 조급하다. 바짓가랑이가 젖는 줄도 모르고 거인을 부른다. 거인은 아주 천천히, 몸의 모든 관절과 기관들을 처음 확인하는 것처럼, 움직임이 보이지 않을 정도로, 미세하게, 걷고 있다. 당신은 문득, 사람들을 한데 모아 바짓가랑이를 보여주고 싶다. 당신은 중얼거린다. 입술이 없어진 것 같다. 사라진 탄광, 반파

뒤 수레, 희미해진 광부들, 삽. 장비를 담은 가방이 보이지 않는다. 거인은 아직도 오고 있다. 언제쯤 도착할까, 내가 가늠해도 될까, 이렇게 상황이 진행되는 와중에도 당신은 혼잣말만 중얼거리고, 거인 외에는 당신의 의식의 갑판을 뚫을 만한 현상은 발생하지 않는다.

다시 현상. 수 세기 전에 좌초된 상선에서 지금 소리를 지르는 건 누구일까. 거인이 휘젓고 있는 심해에서 거인의 발등을 콕콕 찌르는 해파리들과, 해안가를 향해 전속력으로 낙하 중인 당신의 기억들. 심해어들의 사체가 바닷물에 떠밀려오는데, 당신은 당신의 얼굴을 삼키며 썰물을 상상하다가, 썰물에 휩쓸려가는 거인도 상상하고, 찢어진 수평선 사이로 지글거리며 떠오르는 해를 멀거니 바라본다.

광부를 잃어버렸다. 쑥대밭이 된 탄광을 둘러보며 당신은 노트를 꺼내 뭔가를 적어보려 했지만, 뚜렷한 이유도 없이 우스꽝스러운 기분이 들고, 이번 조사만 마치면 일을 관두고 각국의 호텔을 전전해야지, 다짐하며 펜을 움직인다. 누군가 밟고 지나감. 거인의 족적에 따라 무너진 탄광에서는 아직도 매캐한 연기가 하소연하듯 당

신의 신경을 교란시킨다. 당신은 수치를 기록한다. 당신
은 대체로 지루한 얼굴이다.

차에 올라탄다. 탄광을 빠져나온다. 입체교차로를 지
날 때 창문을 열고, 고가도로에 왼 다리를 걸친 거인에
게 손짓한다. 어디까지 갈 셈이야. 거인이란 자신을 향
한 모든 손짓에 엉덩이를 까고 뒤뚱거리는 자이다. 당신
은 다시 탄광을 떠올린다. 죽은 화면 같았던 탄광의 시
설들, 조사는 한 달 넘게 진행 중이고, 퇴적한 단층에 새
겨진 수많은 눈빛을 당신은 기록했으며, 사실 당신의 상
상 속에서 도출된 수치를 관장하는 건, 전적으로 당신을
향한 나의 유례없는 꼬드김이었는데, 그곳을 광산으로
가장한 기계들의 기지 혹은 갑작스레 전멸한 인류의 마
지막 도시로, 당신에게 심어줄 수도 있지만, 그곳은 가
느다란 혈관처럼 금맥이 이어진 채굴과 환란의 광산이
다. 갱내 적재기를 훑어보던 당신이 사람의 손가락을 발
견했고, 다른 조사원들을 향해 소리쳤지만, 당신은 혼자
였다. 무너진 갱구 안쪽에서 파도 소리가, 마치, 거대한
형체의 동물이 끙끙 앓는, 상처가 부르짖는 일종의 화염
처럼 새어 나와, 당신은 뒷걸음쳤다.

차에서 내린 뒤 가장 먼저 할 일은 거인의 눈을 피해 사무실로 들어가는 것이다. 사무실은 잠겨 있다. 높이 솟은 건물들과 구름 한 점 없는 하늘. 거인은 보이지 않는다. 건물 뒤에 숨어서 기회를 엿보는 중일 수도, 바닥에 엎드려 산맥으로 위장하는 중일 수도 있다. 당신은 창문을 깨고 사무실로 들어선다. 그러곤 직접 업무를 보던 책상 아래로 몸을 숨긴다. **저 거인에 대해 아무런 설명도 하지 않는다면 이제 나는 여기 책상 아래에서 한 발자국도 움직이지 않은 채 이 세계가 더 흐려지도록 네가 알지 못하는 방식으로 일조할 거야. 왜 저런 덩치가 움직이는데도 주위가 고요하지? 아무런 소리도 들리지 않잖아? 거인은 형태만 있을 뿐이야.** 유리 조각이 무릎에 박히지만 당신은 아랑곳하지 않은 채 한동안 포복 자세로 움직이지 않는다. 거인의 손가락이 책상을 향한다. 무언가를 가리키듯 말이다. 거인이야말로 의욕이 없고, 마천루는 어지러운데, 거인을 좀 더 헤집어 보면, 여러 갈래로 얽힌 흉부 속 내장의 길목마다, 일확천금을 꿈꾸며 도굴을 계획한 이들의 서성임, 기로, 엎어진 수레, 헤드 랜턴, 스크레이퍼, 기름으로 범벅된 작업복 따위가, 아무렇게나 갈림길에 방치되어 있고, 거인은 이 사실을 알지만, 모두가 알아차릴 때까지 기다려보기로 했다. **나의 의지로 내가 그렇게 시킨 거야.** 당신은 벌떡 일어나 가방을 챙긴다. 내용물을 재차 확인하면서 사무실을 빠져나온다.

　시가지에서는 당신이 바라거나 요구한 일들이 진행 중이다. 건물들이 창문을 쏟아낸다. 창틀이 흔들린다. 창문에는 처음 보는 이름들이 입김처럼 희미해지고 있다. 건물들은 차례를 기다리다가 정해진 순서대로 무너지고, 땅은 꿈틀대고, 당신은 멀미를 느끼지만 속으론 쾌재를 부르는데, 구름을 뚫고 맹렬한 속도로 하강하는 전투기가, 포신을 열고, 전방에 움직임이 없습니다, 교신을 넣자마자, 사방에서 총성이 터진다. 주위가 매캐한 연기로 가득 차고, 정황이 확실해지는데, 당신은 실망한다. 공중과 지상과 해상에서 발사한 미사일들의 목표는 어디에도 없다. 오히려 당신의 이마를 향할 수도 있다. 당신은 이마가 간지럽다. 이마를 긁적이면서 주차장으로 향한다. 갑자기 사라진 거인에 대해 일말의 묘사를 기대하지만, 그보다 궁금한 건, 이건 재해인가 재난인가, 문득 그런 생각이 들고, 무너진 탄광에 대해서 당신은 사실 아는 게 없고, 주차장으로 향하는 길이 멀게만 느껴진다. 실제로 주차장은 시야에서 사라진 지 오래인데, 당신은 당황을 숨기고, 생각이 들통 난 순간 어떤 일이 도래할지 겁이 나고, 그때, 능선 너머로 아득하게 거인의 뒤통수가 보이자 반가운 마음이 든다.

탄광에서 거인의 뼈를 발견했을 때, 당신은 될 대로 되라는 심정이었다. 두개골에 들러붙은 흙을 걷어내자 함몰된 안구의 크기가 당신의 집보다 넓었고, 그곳은 차가운 공기가 소용돌이치듯 배회 중이었는데, 깊은 곳으로, 혹시 이쪽에 뇌가 있지 않았을까, 예상되는 곳으로, 걸음을 옮기자, 끈끈한 점막으로 구성된 정체 모를 껍질이, 딱딱하게 굳은 채 갈라져 있었는데, 그것은 말 그대로 공포였지만, 당신은 조사단장으로서의 체면을 지키기 위해, 고개를 끄덕끄덕 움직였다. **나를 그런 상황으로 유인해서 상황의 올가미에 발을 속박당한 채 이러지도 저러지도 못하는 얼간이로 만들었지.** 뼈를 전부 옮기기까지 얼마나 걸릴까, 당신은 가늠해본다. 모든 뼈를 일일이 확인하는 일은 미지의 구역을 재구성하는 탐사에 가까웠고, 가끔 갱도와 헷갈렸고, 심지어 갈비뼈 부근에서 석탄이 채취되기도 했으며, 누군가 자꾸 다이너마이트를 사용하자고 했는데, 갱내 분진으로 인한 피

해가 확실했기 때문에, 그럴 일은 없을 거라고 당신은
으름장을 놨다. 점점 멀어지는 거인의 뒤통수에 대고,
당신은 으름장을 놓고 싶었다.

당신을 해안가에 위치시킨다. 해변은 이미 사라져버
렸다. 당신은 그곳에 서서 부표처럼 떠오른 섬들을 하나
하나 가늠하기 시작하다가, 당장 그 짓을 관둔다. 거인
이 도착했기 때문이다. 멀리 있을 때보다 작아진 느낌
이다. 당신은 느낌이 없다. 느낌을 손에 쥔 거인이 당신
의 정수리를 내려다보며 걷는 중이다. 정말 지겹도록 걷
는 중이다. 거인은 달릴 수 없나, 달리게 해주면 안 되나,
나도 혼잣말만 중얼거리고, 인물들을 더 등장시켜서 그
들의 주머니에 이 책임감을 나눠줄까, 그럴 바엔 거인에
게 집중하자, 다짐을 한다. 거인은 뛴다. 뛸 수 있다. 뛰
면서 나를 살짝 돌아본 것 같은데, 착각은 친숙하고, 착
각의 달리기를 완주하는 건 언제나 당신이다. 거인이 뛰
는 방향에 탄광이 있다. 당신은 뛰지 않지만 산소가 바
닥난 심정으로 거인의 뒷모습을 바라본다. 숨이 턱 끝까
지 차고, 지지부진한 상황에 태연함을 유지할 필요가 있
고, 거인이 발바닥으로 쿵쿵 탄광을 아작 내는 모습을

기대하지만, 거인은 구멍에 빠지듯 탄광 속으로 사라진다. 구멍의 허공을 향해 당신은 다시 중얼거린다. **파도가 일으킨 물거품이 내 종아리를 적셨는데 그러는 동안 당신은 바퀴가 하나뿐인 수레에 정념들을 가득 쌓고 비틀비틀 이곳에서 벗어나기 위해 종적과는 무관한 탈출을 감행한 거야. 마치 천장이 무너지기 시작한 갱도의 끝자락에서 자신만 살겠다고 뛰는 꼴처럼.** 구겨진 탄광에서 다시 연기가 새어 나온다. 거인은 물질이 되고, 해체된 거인의 장기臟器들이 탄광을 재구성하는 중이다. 나는 연결되지 않는다. 무슨 일이 벌어지는지, 고개를 쭉 내밀고, 사람들을 불러 모아 점점 더 번져가는 얼룩에 대해 물어보고 싶다.

당신은 터널을 지난다.

석탄을 옮기기 위해 조성된 철로 위, 탄차에 몸을 실은 당신은 다른 광원들과 함께 정면을 주시하며 터널이 끝나기만을 바라고 있다. 끝날 수 있을까? 이 터널은 언제 시작한 걸까? 빛이 미약하게 스며들고 있다. 당신은 가방을 뒤진다. 신문을 꺼내 읽는다. 세간의 떠들썩한 일들에 관심을 기울이는 중이다. 해일이 밀려와 해안가

가 전부 잠겼다는 소식과 은색 점프 슈트를 입은 사람
들이 모두 사라졌다는 소식의 기사를 꼼꼼히 읽는다. 바
닷물에 잠긴 시가지와 책상이 뒹구는 사무실의 사진 그
리고… 혀를 찬다. 광원들이 고개를 돌려 당신을 바라본
다. 당신은 눈치를 본다. 신문을 접어 다시 가방에 넣는
다. 빛이 점점 커지고 있다. 광원들은 장비를 점검한다.
규폐증에 걸렸다던 광원이 보이지 않는다. 헤드 랜턴의
불을 켜고 물통과 수건을 가방에 넣는다. 방진 마스크를
서로 씌워준다. 철로가 끝나가고 있다. 새로운 갱구, 새
로운 석탄, 새로운 단층이 시작된다. 이윽고 입구가 가
까워지고, 철로의 끝엔, 거인이 입을 크게 벌린 채, 탄차
를 기다리고 있다.

당신은 터널을 지난다.

아무도 믿지 않는 진술의 회로로, 얇아져만 가는 정
황으로, 과거에 번성했던 탄광의 호황기 혹은 서로의 이
마에서 내리쬐는 빛에 의지한 채 식도로 꾸역꾸역 넘기
던 주먹밥으로, 당신은 몸을 가지런히 모은 채, 해류에
떠밀려 무인도로 향하는 갈치처럼, 어딘가 빠져나갈 구
멍이 있겠지, 결국 당신을 배설할 세대의 밑구멍으로,
기대하며, 성급하게 기도하며, 거인을 통과한다. 당신은

제자리를 벗어나 적이 없었다. 하루하루 당면한 일을 성실하게 처리했고 날마다 임금을 저축했으며 탄광의 번성을 위해 스스로 자신을 굴착한 인물이다. 사무실 캐비닛 어딘가에, 곡괭이를 들고 활짝 웃는 당신의 사진이, 금장을 두른 액자에 담겨 있을 것이며, 훗날 사진을 발견한 누군가가, 이 사람은 정말 위대했지, 거대했고, 힘이 장사였어, 달리기도 잘하고, 매일 해안가에 서 있었지,라고 기억할 것이다. 당신은 이 문장들이 마음에 든다. 할 수만 있다면 다시 암벽을 타듯, 상상의 낭떠러지에 매달려 손톱이 빠질 정도로 기어오르고 싶다. 하지만 당신은 터널을 지난다. 아니, 떨어진다.

거인은 가야 한다, 배 속이 요동쳐도, 터질 듯 팽팽해져 거동이 불편해도, 육지 끝자락, 돌출된 지형 뒤 바닷물에 몸을 웅크리고 앉아, 무릎에 손을 올리고, 반신욕을 하듯이, 뭔가를 기다리던 시간을 지나, 앉은 그 자세로 돌처럼 굳어 석상이 되면, 석탄을 실은 상선의 선원들은 돌이 되어버린 거인을 지날 때마다 왼쪽 눈을 향해 동전을 던지겠지, 상상만으로도 고통스럽고, 그래서 가야 한다. 어디로? 하늘을 찌를 듯이 높게 솟아오른 산맥의 경사에, 만년설을 모포 삼아 기댄, 살은 없고 뼈만 남은 거인의 시체, 이런 상상이라면 충분히 거인을 괴롭힐 수 있다. 거인은 간다. 협곡의 중간에 서서 양팔을 기댄 채 가끔 숨을 고르면서 말이다. 상황을 좀 더 진척시켜야 한다. 암석 뒤에 몸을 숨긴 당신이 실실 웃고 있다. 거인은 여전히 요지부동 상태다. 무슨 사건을 저질러야만 할 것 같다. 아니다. 이제 와서 당신의 가족이나 애인을 데려올 수도 없다. 내게는 당신이 있다.

당신을 불러보자. 세계는 자꾸만 밤으로 진입하고 있었다. 팽팽한 밤, 당신은 어둠에 익숙해지기 위해 오랜 시간 눈을 감았다 뜬다. 한참이나 높은 곳에서 노란빛으로 발광하는 두 원이 보인다. 빛은 악몽이다. 악몽이 조절하는 번쩍임이다. **내 가방은? 결국 나를 얼룩이 사라진 이 시간으로 불러냈군. 어쩌면 시간이 갈수록 팽창하는 의문들이 이런 형국을 앞세워 나를 몰아내려 하겠지.** 당신은 제자리에 서서 움직이지 않는다. 도무지 어둠에 익숙해질 틈이 없다. 계속해서 어디론가 오르는 감각만 생경하다. 너는 나의 거인. 당신은 목소리를 듣는다. 까마득하게 낮은 곳에서 누군가 중얼거린다. 당신은 몸의 모든 관절과 기관 들을 처음 확인하는 것처럼, 움직임이 보이지 않을 정도로, 미세하게, 고개를 돌린다. 뭔가가 보일 듯 말 듯하다. 시간은 합리적이다. 사위가 서서히 밝아지면서 협곡의 윤곽이 드러난다. 그림자를 거둬가자, 산맥에 묻혀 있던 거인이 보인다. 옆으로 누운 상태의 거인은 갈비뼈마다 넝쿨을 두르고 있다. 당신은 넓어진 시야와 위용스런 풍채, 벌거벗은 몸, 우악스러운 힘을 기대한다. 당신의 상상은 낙서처럼 허공에 뿌려진다. 등에서 한기가 올라온다. 암석 표면에 이슬이 맺혀 있다. 몸을 일으킨다. 거인은 또 멀어졌다. 숲이 보인다. 거인을 감싸는 숲, 새 떼가 경사를 향해 날아간다. 당신은 숲을 바라보고, 숲 사이로 송전탑이 쓰러지는 중이다. 쫓아가야 한다. 당신은 시작부터 거인만 쫓고 있었다.

평원이 펼쳐진다. 주황색으로 물든 평원은 일정한 무늬를 지속하며 당신과 거인 사이를 출렁거린다. 황량하게 펼쳐진 지평선을 배경으로 평원에는 당신과 거인뿐이다. 문득, 거인이 몸을 돌린다. 전신이 한눈에 들어온다. 당신은 직립으로 이동하는 거인의 모습을 이제야 본다. 걸어오는 거인을 본다. 잿더미를 뒤집은 꼴이군, 당신은 중얼거리고, 또 중얼거렸다는 사실이 한심하다. 사무실 책상에는 빠른 시일 내에 처리해야 할 업무들이 당신을 기다리고 있다. 탄광 근처에 자리한 조사단을 철수시키고, 깨뜨린 창문 유리도 변상해야 한다. 이런저런 상념에 빠질 동안, 거인이 지척에 다가왔다. 당신의 한 보步 앞까지. 거인은 조심성이 없고, 기척도 없는데, 당신은 그대로다. 거인의 발가락을 바라본다. 발가락은 형태만 있다. 둥그런 살을, 만져볼까, 핥아볼까, 때려볼까, 기대만으로도 폐가 조여드는 기분이다. 순간 거인이 멀어진다. 도망치듯 자리를 벗어나고 있다. 아닌가. 평원을 벗어나고 있다. 주황빛의 평원을 짓밟으며 이동하고 있다. 그리고,

　멀어지는 거인과, 또 다른 모습의 거인이, 당신을 향해, 걸어오고 있다.

그래도 사랑해

강보원 시인

소녀는 할머니에게 물었다.

"할머니, 팔이 왜 이렇게 큰가요?"

늑대가 대답했다.

"얘야, 그건 너를 잘 안아주기 위해서란다."

"할머니, 다리는 왜 이렇게 큰데요?"

"얘야, 그건 잘 달리기 위해서란다."

"할머니, 귀는 왜 이렇게 큰데요?"

"얘야, 그건 잘 듣기 위해서란다."

"할머니, 눈은 왜 이렇게 큰데요?"

"얘야, 그건 잘 보기 위해서란다."

"할머니, 이빨들은 왜 이렇게 큰데요?"

"그건, 너를 잡아먹기 위해서지!"

이 말을 하면서, 사악한 늑대는 빨간 모자에게 달려들어

소녀를 먹어 치웠다.

_「빨간 모자」

　어린 시절 일요일 아침 9시에 TV에서 틀어주는 만화 중 「톰과 제리」는 단연 최고였다. 매번 기상천외한 방식으로 골탕을 먹는 톰을 나는 배꼽을 잡고 웃으며 봤다. 그렇다고 늘 제리를 응원한 것은 아니었는데, 어린 마음에도 시리즈 내내 당하기만 하는 톰이 어딘가 불쌍해 보였던 것이다. 그러다 보니 언젠가부터 은근히 톰을 응원하기 시작했고 정말 가끔이지만 제리가 당할 때는 그렇게 통쾌할 수가 없었다. 드디어! 그런데 (압도적인 빈도로) 톰이 당하든 (가뭄에 콩 나듯) 제리가 당하든 그런 장면을 기다리고 환호할 수 있었던 이유는 우선 톰과 제리가 서로에게 당하는 장면이 그 자체로 매우 웃겼기 때문이기도 하지만, 아무리 끔찍하게 당한다고 하더라도 다음 장면이면 그들이 멀쩡하게 나타날 것을 알고 있었기 때문이다. 그러니까 슬랩스틱 코미디에는 두 종류의 비현실이 필요하다. 하나는 웃음을 가져다줄 사건들의 과장된 폭력성이고, 다른 하나는 그러한 사건을 겪어도 끄떡없는 불사의 신체다.

그래서 슬랩스틱 코미디에는 두 종류의 향유가 섞여 있다고 할 수 있다. 사건의 폭력성과 의외성 자체가 이끌어내는 향유가 있다면, 그 이면에는 이 무시무시한 사건이 아무리 반복되더라도 그것에 영향을 받지 않는 신체가 제공하는 향유가 있는 것이다. 이는 슬랩스틱 코미디의 연출이 아무리 과장된 것이라 할지라도 그것이 여전히 현실과 완전히 단절되어 있지는 않다는 것을 의미한다. 오히려 슬랩스틱 코미디가 말하고자 하는 것, 그것은 세상이 위험으로 가득 차 있다는 것이다. 슬랩스틱 코미디는 침대 머리맡에서 어른들이 들려주는 동화처럼 은근한 방식으로 어린이를 교육한다. 가령 나는 어렸을 때 시골에 살았는데, 쟁기를 보면 본능적으로 피해 갔었다. 왜냐하면 톰이 쟁기의 날 부분을 밟고 올라온 막대기에 얼굴을 맞는 장면이 눈앞에 생생히 떠올랐기 때문이다. 심지어 톰은 절대 한 번만 당하지 않는다. 같은 쟁기를 밟고(깡!), 또 밟고(깡!), 또 밟고(깡!)…『금속성』을 읽기 시작했을 때 우선 느껴지는 것은 이와 같은 종류의 웃음이다. 말하자면 민병훈은 슬랩스틱 코미디에 대한 일종의 소설적 번역을 시도하는 것이다. 잇몸이 동상에 걸려 비현실적으로 부어오른 볼(도대체 어떻게 잇몸이 동상에 걸리겠는가? 24시간 웃고 다니는 사람이라면 모를까…), 닭을 잡기 위해 내리친 망치에 맞아 깨져버린 엄지를 붙잡고 나뒹구는 사촌, 삐뚤어진 골대를 되돌려놓기 위해 전봇대에 올랐다가 감전되는 어릴 적 친구의 이야기 등 이 소설에는 슬랩스틱 코미디의 구조를 차용한 사건 사고 들이 넘쳐난다. 특히 어릴 적 친구의 감전 사고의 경우는 그 반응조차 전형적인 슬랩스틱 코미디 식이다: "동급생들 모두 기회가 된다면 감전을 당해도 괜찮을 것 같다고 입을 모았다."(28쪽) 맨발로 걷는 것이 건강에 좋다고 말하자마자 발을 찔려 비명을 지르는 노인에 이르면 내가 무엇을 보고 있는 것인지 혼란스럽기까지 하다.

　하지만 번역이란 원본과 완전히 같지만은 않은 어떤 결과물을 산출하는 과정이기도 하다. 이런 종류의 무해한 웃음이 우리가 『금속성』에서 발견하는 전부는 아닌 것이다. 오히려 이 소설적 번역의 핵심은 그러한 웃음이 갑자기 부적절한 것으로 느껴지는 순간에 있다. 가령 아버지의 친구가 데려온 개에 물려 죽은 화자의 개, 오토바이 사고로 죽은 두 명의 친구, 그리고 강물에서 떠내려오는 시체는 이 우스꽝스러운 사건들 속에서 다소 갑작스럽게 현실을 환기하고 '세상은 위험으로 가득 차 있다'는 슬랩스틱 코미디의 교훈을 섬뜩한 방식으로 다시 전달한다. 만약 이 위험한 세상으로부터 슬랩스틱 코미디의 인물들을 보호하는 것이 불사의 신체라면, 그런 신체를 가지지 않은 우리를 보호해줄 것은 약간의 행운과 주의력뿐이다. 이를 거꾸로 말하면 약간의 부주의와 산만함이 우리를 곧바로 낭떠러지로 인도할 수 있다는 것이다.

　그런데 약간의 부주의와 산만함이 초래하는 것을 정확히 무엇이라고 말해야 할까? 우리는 그것을 마찬가지로 아주 약간의 어긋남이라고 말할 수밖에 없다. 무엇인가가 조금 잘 들어맞지 않는 것이다. 문제는 때로 그 어긋남이 모든 것을 바꿔놓을 수 있다는 데에 있다. 만약 오토바이를 탄 친구들이 조금만 천천히 달리기로 했었다면? 또는 아버지의 친구가 그날 개를 데려오지 않는 게 좋을 것 같다고 생각했더라면? 그렇다면 이 불운한 일들은 일어나지 않았을 것이다— 하지만 그런 일들은 일어났으며, 더 정확히는 항상 일어난다. 그리고 우리는 바로 그 공통의 위험으로 인해 한데 묶여 있다.

말은 별안간 송전탑에 달려들었다. 머리로 들이받았다. 부딪힐 때마다 갈기가 흔들렸다. 마치 송전탑을 넘어뜨리려는 것 같았다. 몸이 옆으로 기울어졌다.

옆으로 몸을 기운 이상한 자세로 잠에서 깨어났다. 언제 잠들었던 걸까. (94~95쪽)

쓰러지는 송전탑에 매달려 몸이 옆으로 기울어지는 것과 소파에 옆으로 몸을 기대어 누워 잠드는 일을 곧바로 병치한 이 장면에서 그것은 더없이 분명해진다. 말하자면 죽음은 언제나 지척에 있다— 그것이 현실이든 비현실이든 간에 상관없이. 소설이 후반부에 접어들며 조수의 이야기와 화자의 경험, 꿈과 현실, 과거와 현재, 또 여러 화자의 목소리가 뒤섞이는 양상을 띠게 되는 것도 이 때문이다. 왜냐하면 강물에 떠내려오는 시체를 중심으로 마을의 모두가 연결되어 있고 그로부터 모든 분리와 차별성이 무의미해지기 때문이다.

민병훈의 전작 『달력 뒤에 쓴 유서』[1]에 대한 추천의 말에서 한유주 작가는 지나가듯, 하지만 어딘가 의미심장하게 왜 유서가 하필 달력 뒤에 쓰였어야 했을지 묻는다. 나는 그 책에 대한 짧은 서평에서 이 질문에 내 나

---

1) 민병훈, 『달력 뒤에 쓴 유서』, 민음사, 2023.

류대로 대답을 내놓았던 적이 있다. 민병훈이 그 소설에서 다루고자 했던 어떤 공간성이 끝내 인과적 설명으로 환원되지 않는 것이기 때문에 달력과 같은 공식적인 기록이 아니라 그것의 뒷면에 적힐 수밖에 없다고 말이다. 그리고 『금속성』은 거기에 또 다른 이유가 있었음을 말해주는 것 같다. 달력은 살아가는 이들을 위한 것이고, 매일 지속되는 일상을 위한 것이다. 그런데 그 달력의 뒷면에 죽음과 가장 가까운 글이 쓰여 있는 것이다. 죽음은 우리의 일상을 빛에 비추어보았을 때 비쳐 보일 정도로 가깝다. 『금속성』에서 우리는 이 가까움이 어느 취객의 술주정처럼 덧없고 확실하다는 사실을 다시 확인한다. "그때 명령을 들었다면 여긴 사라졌을 거라는 말입니다. 그러니까 내가 여기를 살린 거라고요."(105쪽)

제사로 인용했던 동화 「빨간 모자」의 경고는 이 어긋남에 주의하라는 것이다. 소녀는 할머니답지 않은 팔, 다리, 귀, 눈, 이빨을 모두 이상한 것으로 인식하지 못하며, 이 부주의에 대한 대가는 죽음이다. 같은 이유로 『금속성』에서 "은색 점프 슈트"를 입은 사내들은 어떤 비정상적 결합(가령, 피와 기름—그것들은 또한 어떤 불경한 신체 개조를 암시한다)의 낌새가 있는 곳마다 나타나 그것을 단속하려 한다. 하지만 이 두려움과 경고에 분명한 이유가 있다 하더라도 우리가 삶의 사소한 어긋남을 전부 통제하는 것은 불가능하다. 그리고 이 어긋남이 삶의 필연적인 구성 요소라면 그것에 대한 이해 없이 삶을 이해하는 것 역시 불가능하다. 낙마에 대한 이해가 말에 대한 이해에 필수적이듯이 말이다. "너는 연습 때조차 말에서 떨어진 일이 없었을 것이다. 낙마에 대해 이해를 못 했을지도 모른다. 그래서 너는 말에 대한 이해가 부족했다."(91쪽)

『금속성』은 바로 이 어긋남의 감각, 그것에 대한 이해와 연습에 바쳐져 있다. 진정으로 위험한 것은 어긋남 자체가 아니라 그에 대한 회피와 무지인 것이다. 그리고 어떤 의미에서 삶은 삶의 실패 속에 더 많이 있다. 하지만 우리는 그에 대해 무엇을 할 수 있을까? 마지막으로 한 편의 만화를 경유하여 이에 대해 덧붙이고 싶다.

나는 대학원생도 아니고 대부분의 대학원 유머가 별로 재미있지 않다고 생각하지만, 인터넷에 떠도는 「논문의 완성 과정」이라는 짧은 만화는 처음 본 순간부터 늘 좋아했었다. 몇 개의 간단한 컷으로 구성된 이 만화는 논문이 완성되기까지의 각 단계에 해당하는 이미지가 그려져 있다. 가령 '최초 논문 디자인'의 이미지는 흠 잡을 데 없는 멀쩡한 고양이이다. 그런데 '논문 중간발표 때 모습'에서 고양이는 뒷다리가 없고, '교수님 첨삭 후 모습'에서는 사라진 뒷다리가 다시 생기지만 대신 앞다리가 사라져버리며, '교수님이 정말 원했던 것' 칸에는 커다란 물음표만이 그려져 있다. 그러다 결국 '논문의 최종 결과물' 칸에서 우리는 고양이의 얼굴에 코끼리의 코가 붙어 있고 등에는 난데없이 사람의 손이 뻗어나 있는 일종의 키메라를 보게 된다… 세상에 없던 논문이 탄생하는 것이다. 여기까지만 해도 충분히 웃기지만, 이 만화의 가장 멋진 부분은 마지막 컷인 '자신의 논문을 바라보는 저자'이다. 이 컷에서 저자는 '멍멍!' 하고 짖는 이 키메라─고양이를 쓰다듬으며 "그래도 사랑해…"라고 말해준다.

　아마도 이 사랑이 우리가 가질 수 있는 전부일 것이다. 이 사랑은 제대로 된 의뢰라고는 받아본 적도 해결한 적도 없는 화자와 조수가 검증되지 않은 인공 발과 기계 꼬리를 단 팔콘에게 쏟아부었던 바로 그 사랑이다. 그것은 또한 도무지 뜻대로 되지 않는 우리의 삶에 대한 사랑이기도 하다. 인생이 제대로 흘러가지 않는다는 느낌은 무엇일까? 이것 다음에는 저것이 와야 한다. 그런데 이것 다음에 다른 어떤 것이 온다. 마치 다리가 달린 뱀처럼. 고양이가 되려다 심각하게 어긋나버린 뜻밖의 생물처럼. 또는 이상하게 조립된 장난감처럼. 그것들은 어떻게 보면 웃기고 어떻게 보면 귀엽고 어떻게 보면 슬프다. 온갖 우스꽝스럽고 슬픈 일들이 일어나는 이 소설이 그런 것처럼 말이다. 민병훈은 우리에게 글을 쓰는 시간뿐만 아니라 살아가는 시간 전체가 곧 "폐품을 해체하거나, 조립해서 넘겨주거나, 다른 기계 물품과 교환하는 시간"(115쪽)임을 보여준다. 어느 수상한 컨테이너 작업실에서 깡! 깡! 하는 소리가 들려올 때 그곳에서 무엇인가가 제대로 만들어지고 있는지, 아니면 누가 자신의 손등이나 발등을 찧고 있는지 알 수는 없다. 그러나 그것은 여전히 괜찮은 일일 텐데, 이제 우리는 어느 쪽이든 상관없이 거기에 누군가의 삶이 있으며, 그 삶이 우리의 삶과 모종의 방식으로 연결되어 있음을 알고 있기 때문이다.

민병훈 작가가
펴낸 책들

• 소설집

『재구성』, 민음사, 2020.

『겨울에 대한 감각』, 자음과모음, 2022.

• 장편소설

『달력 뒤에 쓴 유서』, 민음사, 2023.

금속성
민병훈 중편소설

초판 1쇄 발행 2024년 12월 11일
발행인 이인성
발행처 사단법인 문학실험실
등록일 2015년 5월 14일
등록번호 제300-2015-85호

주소 서울시 종로구 혜화로 47 한려빌딩 302호
전화 02-765-9682
팩스 02-766-9682
전자우편 munhak@silhum.or.kr
홈페이지 www.silhum.or.kr

디자인 김은희
인쇄 아르텍

ⓒ민병훈
ISBN 979-11-984817-2-6 (03810)
값 12,000원